旗師・冬狐堂四

# 瑠璃の契り

北森　鴻

徳間書店

目次

倣雛心中《ならいびなしんじゅう》 5
苦い狐 59
瑠璃の契り 109
黒髪のクピド 155
解説 法月綸太郎 274

# 倣《ならい》雛《びな》心《しん》中《じゅう》

# 一

こんなことってあると思うかね。同じ人形が三度も俺の店に戻ってくるなんて。それもわずか十ヶ月のうちにだぞ。器量の良くない出戻り娘じゃないんだ。そりゃあこんな商売やっていればいろいろあるわサ。なんの差し障りもなく送り出したはずのかわいい子供《ブツ》が、めぐり巡って店に戻ってくるってことも珍しかない。そんなときには俺だって、よくぞ戻ってきてくれたとこのドングリ眼《まなこ》を細くもするぜ。まあ、馬鹿な目利き気取りに背中で舌ア出しながら売りつけたごんたくれが、因果応報《いんがおうほう》、舞い戻ってきた日にゃあ舌打ち一つかますこともないではないがよ。

「だがな」と、古今亭志ん生を思わせる見事な禿頭男が、その大きな目を剝《む》いていった。

上野と根岸の中間あたり、枝分かれするいくつもの路地をたどると、まるで人目を避けるかのようにひっそりと《富貴庵《ふうきあん》》の看板を掲げる店がある。男の名は芦辺《あしべ》。富貴庵の店主である。その芝居がかった口調と仕草に苦笑しながら、宇佐見陶子《うさみとうこ》は、

「本筋をお伺いしましょうか」

と、サングラスをはずした。

膝元《ひざもと》から持ちだした風呂敷包みを、芦辺がほどいて見せた。微《かす》かな衣擦《きぬず》れの音は、舞台の幕引きに似ている。未知の世界に眠る逸品が、スポットを浴びて登場する一瞬である。どうだという代わりに芦辺が、中の品物をずいと陶子の方へと押し出した。尺に達するかどうかの和人形。菱川師宣《ひしかわもろのぶ》作の見返り美人を思わせる、和装女性の全身像である。

「北崎濤声《きたざきとうせい》。けちのつけようのない正真《しょうしん》物だぜ」

「………」

人形の基本は木造り。表面に胡粉《ごふん》をまんべんなく吹き付け、さらに顔料を使って彩色が施されている。和装の模様からすると友禅柄か。極細の線一本に至るまで神経を注いだことが明らかな、その精緻《せいち》さだけを見ても、芦辺の言葉に嘘がないことがよく

わかる。どのような絵筆を使用したものか、よく見れば形の良い眉は毛一本おろそかにすることなく描き込まれている。その下には、眉に寄り添うようになだらかに彫り込まれた弧が、細く笑みをたたえた目を表現している。

――眉……が……!?

ふと人形の眉が顰《ひそ》められた気がして、陶子は己の目頭をつまんだ。

「どうかしたのかい」

「いっ、いやなんでもありません。お気遣いは無用です」

「そうかい、ならばいいが」

芦辺の言葉の裏側に、秘めやかな悪意を感じた。あるいは嘲笑、もしくは優越感。陶子は双眼の周辺筋肉に力を入れ、改めて人形に挑んだ。

和人形には珍しく、鼻にも唇にも彫りが加えられ、立体感を出している。写実的というには凹凸が浅いが、それでも十分に肉感的で女性特有の官能美が見る者に伝わった。

バッグから鑑定用のルーペを取り出した。二枚のレンズを組み合わせることにより三倍、五倍、十五倍の倍率で拡大が可能な接眼鏡である。あるいは人形のどこかに瑕《か》疵《し》でもあるのかと、表面を丹念に睨《ね》め回したが、保存状態はほぼ完璧でこの世界にありがちなクレームの入り込む余地はない。

北崎濤声は昭和を代表する人形作家で、戦前戦後を通じて活躍したことで知られる。四十代半ばで早世したこともあり、制作期間は短いがその評価は今も高く、いっこうに衰えることを知らない。芦辺が見せてくれたレベルの作品であれば百（万円）を下る値で取引されることはないのではないか。

「筋の良い品物だと思います」

「だろう。俺はまともなものしか扱わないんだ」

「これが、十ヶ月の間に三度も返品されたと」

「まったく不思議な話だぜ。さすがの俺にも、合点がゆかない」

だからあんたに見てもらおうと思ってね、と芦辺が言葉とは別の思惑《おもわく》を滲《にじ》ませながらいった。その視線を避けるように、陶子は人形を手に取った。両の掌《てのひら》に寝かせてみる。横臥《おうが》させる。うつぶせにする。台座の裏を見る。やや金釘流《かなくぎりゅう》気味の墨文字で「濤声」とある。

「箱書きは？」

「濤声の直弟子に当たる吉村宏尚だ。昭和三十七年作と、制作年まではっきりとしている」

「昭和三十七年というと……」

「ほお、さすがは冬狐堂《とうこどう》だ。人形はあまり扱わないと思っていたが、そうでもないらしい。いや、そうだった、お前さんの前の旦那は」

そういいかけて、芦辺が言葉の最後を濁《にご》した。

「前の旦那だなんて、下世話な言い方はよしてくださいな。前も今もない、わたしの夫だった人は一人しかいません」

「そうだな、まったくその通りだ」

かつて美大生であった陶子は、学業を終えた後に美学の担当教授の私的門下生となり、やがて彼と結婚した。英国よりの帰化人であった彼との生活は二年あまりと、決して長いものではなかったが、不幸な歴史を陶子に刻《きざ》むことはなかった。ではなぜ、二人は別れなければならなかったのか。そこに明確な答えなどあるはずがない。いっそ火を見るよりも明らかな理由でもあれば、時と共にジョークにしてしまえるのにと、今もなにかの折に考えることがある。

プロフェッサーＤ。

美学の教授であると同時に、彼は人形の研究者でもあった。ことに日本の人形に造《ぞう》詣《けい》が深く、昭和を代表するソフトビニール人形については、研究書、エッセイなどの著作も多い。また、古い博多人形や雛《ひな》人形、からくり人形などの蒐集家《しゅうしゅうか》としても知られている。

「けれど」と陶子は敢《あ》えて感情を交えずにいった。

かつて夫であった人とは関係がありません。昭和三十七年といえば、濤声の妻である美代子夫人が亡くなった年ではありませんか。それくらいのことはわたしも知っています。となると……この人形のモデルはもしかしたら美代子夫人、ですか。すると、ますますおかしなことになりますね。それでなくとも濤声の人形は評価が高い。ましてや最愛の妻をモデルとした作品ともなれば、付加価値は計り知れないはずです。それがわずか十ヶ月のうちに三度も返品されるなんて。

芦辺にではなく、手にした和人形に向かって問いかけた。白い布手袋から伝わる素材の硬質感から、あるいは恐ろしいほど緻密《ちみつ》に施された模様一つ、線一本から、陶子はメッセージを読みとろうとした。

「なにか、聞こえるかね」

「………」

「で、ものは相談なんだが、こいつをお宅で引き取る気はないかい」

「それは……難しいでしょうね」

骨董《こっとう》の世界は、きわめて閉鎖性が高く、噂《うわさ》と名の付くものなら良いものも悪いものも驚くほどの速度で業者間に伝播《でんぱ》する。陶子は北崎濤声作の人形にまつわるダークエピソードを知らなかったのは、芦辺の言葉通り、日頃冬狐堂で人形を扱う機会が極めて少なかったからにすぎない。

——あるいは。いや、たぶん。

古狸《ふるだぬき》が狐《きつね》の皮衣《かわごろも》を身にまとったような芦辺のことだ。ダークエピソードを美談にすり替え、そうした噂を故意に流すくらいのことは茶を喫するよりも簡単にしてのけたに違いない。

陶子の脳裏に、一人の同業者の顔が浮かんだ。

「引き取りが無理ならば、預かりではどうかな」

店舗を持たない骨董業者である旗師《はたし》は通常、ある店で買い取った品物を別の業者、あるいはコレクターに持ち込み、その収支の差額によって利益を得ている。が、場合によっては品物を預かることもある。

「最低売却値は？」

「すべてお任せにしよう」

「では、売り上げの二割ということで」

「あんたがそれでいいというなら、当方に異論はない」

信じられないやりとりに、陶子は芦辺の中にある、全く別の意志を確信した。

品物を預かる場合、売り主である芦辺が最低売却値を設定するのがこの世界の常識である。芦辺自身、濤声の人形を手に入れるに当たっては相当の資金を動かしているからだ。冬狐堂というバイヤーを使えばそれだけ、費用がかかることになる。この場合、売り上げの二割が陶子の懐に入る契約だ。最低売却値を設定しておき、それ以下では売らないという約束事がなければ、芦辺の損益は限りなく不確定となる。

それでもかまわないと、古狸はいう。経営する富貴庵の算盤《そろばん》が下方へ大きく傾いているならいざ知らず、そのような噂は耳の片隅にさえ届いたことはない。あらゆる可能性を考慮しつつ、「お預かりしましょう」と、陶子は用意したジュラルミンのケースを開いた。

「預かり証だけは、残しておいてくれよ」

「わかりきったことを」

「わかりきったことがそうでなくなるのが、この世界だろう」

「考え過ぎじゃありませんか」

「そんなことはない。昨日までの目利きがとんだ間抜けに変わっちまうのがこの世の常。間抜けは小狡《こずる》い狐に成り果て、人をだまくらかすことだけに血道を上げるようになる」

それはあなたのことでしょうと、陶子は言葉を胸の裡《うち》でつぶやいた。

「それとも一つ」

「なんだ、これ以上は譲れねえぞ」

「そうじゃありません。聞いておきたいのですよ。この人形をあなたから買い求め、そして返品した客筋の詳細を」

「詳しいことは、ちょっとナ」

「ですが、ね。わたしも詳しい来歴を知らないことには自分の顧客にこれを勧めるわけには参りませんよ」

「そりゃあ、そうだな」

じゃあ、と芦辺は意外なほどあっさりと客のことを語り始めた。

「まず最初に売ったのが、西伊豆の客で、この人物は日本橋で小さな商社を営んでいるのだが……昔からの濤声贔屓《びいき》でね」

その語り口調に、陶子はあまりにあからさまな偽りの匂いを嗅いだ。

骨董業者にとって顧客名簿は財産である。それをいとも簡単に話し始めたことからして、相当に怪しい。まして富貴庵の芦辺では、と陶子はその話を聞き流すことにした。

　再びサングラスを装着し、店を出て歩き始めてしばらく経ってから、「古狸め」と、唇から言葉を発することを自らに許した。

　下北沢の繁華街を通り抜け、住宅街に入った一角を陶子は目指した。

　古美術・骨董の世界は魑魅魍魎《ちみもうりょう》の住処《すみか》であるという。騙し騙《だま》されが日常茶飯事であり、騙す悪よりも騙される愚《おろ》かさが憎まれる世界であるともいう。そのすべてを否定するわけではない。現実に、目利きの手をひとたび抜けば、悪意の触手はたちまち我が身を縛《しば》り尽くそうとするだろう。けれど、それだけではないと、陶子は思う。底流にはいつだって美を愛《め》でる精神が通っているし、それを信念とし、商売を続ける業者だって決して少なくはない。ただし、いくら信念があっても目が利かなければ、それが顧客にとっての悪意にすり替わってしまうのが、この世界の恐ろしいところではあるが。目が利かないのに目利きのふりをするものは、顧客に駄物を売りつけることになってしまうし、目が利くくせにそうでないふりをするものは、正直者を装いつつやはり駄物を売りつけることができる。いずれにせよ、買い手である客にとっては悪意を押しつけられることに変わりがない。正真物を常に扱っていさえすれば、それで良いというものでもない。どれほどの古美術品を右から左に捌《さば》いたとて、真実などという言葉に幻想を見るだけの業《ごう》深さが、常につきまとっている。

《雅蘭堂《がらんどう》》の看板を見つけると、陶子は店の中に足を踏み入れた。

「いらっしゃいますか」

「ああ、冬狐堂さん。ご無沙汰しています」

店の奥から、主人の越名集治《こしなしゅうじ》が顔を出した。いつの間に伸ばしたのか、七〇年代の大学生を思わせる長い髪を搔《か》き上げると、いつも寝ているような細い目が、その奥で笑った気がした。

「どうしたんです、その髪は。イメージチェンジですか」

「いやア、ちょっと体調が思わしくなくて。風邪気味なんですよ、もうひと月以上も」

髪の毛を急に切りそろえると、一気に風邪が悪化しそうでと、また越名が笑った。

この男にも、業はある。ないはずがない。けれど雅蘭堂の越名集治が宇佐見陶子にとって、数少ない信置くべき存在であることも間違いない。

「ところで、見ていただきたいものが」

「先ほど、電話でお聞きした人形ですね」

ジュラルミンケースを差し出すときも、陶子はサングラスをはずさなかった。鑑定用の白い布手袋をはめた越名が、ケースを開けるなり、

「……やはり、こいつでしたか」

うめき声にも似たつぶやきを漏《も》らした。

——こいつとは、いったい？

だが、陶子は疑問を口にしなかった。北崎濤声の人形を取り上げ、細部に目を光らせる越名の仕草一つ一つが、それを許さなかった。三十分ばかりも人形を眺めていた越名が、顔を上げた。

「いかがです」

「正真物でしょう。いや、どこに出しても鑑定は揺るぎないと思われます」

「けれどあなたは、奇妙な言葉をつぶやいた」

「そうなんです。実はこの人形、ある意味で有名人なのですよ」

「お聞きしたいですね、その話」

陶子の言葉に、越名が頷《うなず》いた。

さあ、どこから話せばよいものか。陶子さんはこの人形が制作された年、どのよう

なことが北崎の身に起きたか、ご存じですか。ああ、やはり。この年、彼は最愛の妻を失っています。濤声が鎌倉旅行中に、妻の美代子夫人は自宅で睡眠薬を服用後、部屋のガス栓を開け放って自殺してしまったんです。遺体の第一発見者は濤声本人でした。昭和三十七年十月一日のことです。詳しくは記憶にないが、たぶん死後数日が経過していたのではないでしょうか。ええ、いろいろと取り沙汰されたようですが、結局は自殺の線で、警察は捜査を終了したはずですよ。濤声自身にも一度は嫌疑がかけられたと聞いています。けれど二人は周囲がうらやむほどのおしどり夫婦で知られていましたし、濤声には動機らしいものがありませんでした。保険金？　それは逆に濤声に掛けられたもので、受取人は夫人だったとか。愛人ができたからなどという、もっともらしい噂もあったようですが、それも根も葉もない与太話《よたばなし》であることが証明されたのです。結局は、「漠《ばく》たる不安により」などという訳のわからない動機が原因とされたようですね。数ヶ月は仕事も手に付かなかった濤声ですが、やがてアトリエにこもり、完成させたとされるのがこの作品なのです。これからが不思議な話でしてね。本来ならば亡き妻を偲《しの》ぶ作品として手元に置いておきそうなものですが、まもなく彼はその人形を手放してしまうのです。買い手が誰かもはっきりとはしていません。以来、この作品はときおり市場に現れては周囲を驚かせ、そしてまたいつの間にか闇に消えてゆくということを繰り返しています。

そうしたことを話しながら、越名が淹《い》れた珈琲が目の前に置かれた。

「知りませんでした」

「仕方のないことですよ。わたしは比較的人形を扱うことが多いのですが、といってもアンティークドールが主ですがね、それでも実物を見るのは初めてです。それに」

「なにかあるのですか」

「売り手としては扱いづらい商品であることは確かです」

「というと、この人形はしばしば行方《ゆくえ》をくらませるがために、ですか」

古美術・骨董の品物にとって、由緒来歴は大きな付加価値となる。ときに価値そのものになることさえあるといわれる。元はどこの誰が所有し、どのような業者の手を経て、今の持ち主に至ったか、その経緯は常に注目されているといってよい。逆にいえば、来歴のしっかりとしていないものは、扱いづらいといわれるのである。最も簡単な例が、盗品であった場合である。所有者にとっては所有権の存続に関わる一大事だ。

陶子は富貴庵の芦辺から人形を預かった経緯を説明した。

「なるほど富貴庵さんでさえも、持て余したか」

「ついては、調べていただきたいことが」

「わかっていますよ。この十ヶ月の間にこの人形を購入し、そして返品した人たちのデータでしょう」

「できれば、どうして返品したのか、その理由も」

「いいでしょう」と越名はいい、一週間もあればと続けた。

「ついでにもう一つ」

「なんでしょう」

「もしかしたら、この人形には光が関係しているのかもしれません」

「面白い発想ですね」

「以前になりますが、円空仏に関わったことがあるのです」

鬼炎《きえん》円空と呼ばれた贋作《がんさく》に関わった事件のことを、陶子は説明した。いつの時代にも円空がいたことを証明するべく、自ら円空になろうとした男の物語である。彼が行き着いた円空の秘密は、仏像を制作するときの光の加減にあった。光の方向性によって、かの仏像はさまざまに表情を変えていたのである。

「だから」

「実に面白い発想です。光の加減によって表情を変える能面と同じ原理ですね」

「ええ、そのことを確認するためには……」

陶子は、言葉を続けることができなくなった。唇を噛《か》んだまま、一言半句も紡ぎ出せずにいると、越名が、

「それをあの人に依頼するのは、わたしの仕事ではないでしょう」

「わかっています。でも……わたしは今」

「会いたくはありませんか。カメラマンの横尾硝子《よこおしょうこ》さんに」

「正直いって、今は少しつらい」

「相当にお悪いのですか、あなたの眼……」

「まだ、はっきりとは検査結果が出ていません」

「わかりました、彼女にはわたしの方から依頼しておきましょう。そうなると品物を預かることになりますが」

「かまいません。すみません、無理をいって」

「水臭いことはいいっこなしにしましょう。それに……」

どうやら、そのあたりに謎が隠されているようだ。しばしばこの人形が闇に消えてしまうのは。

そういった越名の言葉が、陶子の中に澱《おり》のように沈んでいった。

二

陶子が己の眼に異常を感じたのは、四ヶ月ほど前のことだった。

競《せ》り市《いち》で手に入れた李朝白磁の丸壺《まるつぼ》を見ていた。七センチ四方と形は小さいが、釉《ゆう》薬《やく》の具合、中後期と見られる形の良さ。どれをとっても、久しぶりに扱う逸品であった。気に入ったものは写真に記録しておくことはもちろんのこと、眼に養分を与えるためにも飽きることなく睨《ね》め回すのが、習い性となっている。白磁の名が示す通り、透明感のある白の肌合いを眺めているうちに、そこに無数の小さな虫がはい回るのが見えた。瞬間的に汚れか傷か、どちらかの可能性が脳裏に走って冷たいものが背中を伝った。だが汚れも傷も、器の表面をはい回る習性などありはしない。

やがてそれが、自分の眼の中に起因していることを知って、別の意味で陶子は慄然《りつぜん》とした。空を見上げてみた。半透明の虫が、蒼天《そうてん》を泳ぎ回っている。続いて白壁を見た。はっきりと形を持った黒い短い線虫が、壁をはい回っている。

虫は己の眼の中にいる。

飛蚊症《ひぶんしょう》。眼球を構成する硝子体に濁りが生じることで起きる現象。しかも眼球そのものが楕円形化しており、眼圧の高まりもしくは外部からの衝撃いかんによっては、網膜剝離《もうまくはくり》の恐れ有り。

大学病院での診断結果は陶子を戸惑わせ、戸惑いがじわじわと恐怖の領域に触手を伸ばすのにさしたる時間はかからなかった。

これからは眼にあまり負担を掛けないように。目頭周辺に疼痛《とうつう》を覚えたら、それが注意信号です。すぐに眼を休めることを心がけてください。視界の一部に影などの異常が見られた場合は、なにをおいても治療に来るように。大丈夫です、現代医学では網膜剝離は決して恐ろしい病気ではありません。あなたはまだ若い。簡単な手術で視覚を取り戻すことが可能です。

医師のアドバイスは気休めにもならなかった。

眼は旗師の生命線である。「目端《めはし》が利く、利かない」は旗師の腕の良し悪しを示す一つの基準である。しかし、それとても視覚を失うことからすれば、幼稚な机上の空論にすぎない。美への感性も賛美も、視覚という絶対的生物条件を満たしていなければ、しょせんは無意味な掛け合いではないか。

参加の登録をしておいた競り市を三つばかり休み、約一ヶ月にわたってとことん思い詰めてみた。いくつもの選択肢を天秤《てんびん》に掛け、はずし、また別の選択肢を模索した。

それらの枝葉一つも逃すことなく検討し、ではこれからどうすると自らに問いかけると、意外なことに、いや当然のように答えは胸の裡にすとんと下りてきた。

「わたしは旗師をやめない。いや違うな、やめることなどできるはずがない」

眼科医の処方箋をもとに作られたサングラスを着用し、これまで見たことのない自分の姿を鏡に映して、陶子はつぶやいた。「ただし」と、奇妙に似合った感じのするサングラス姿に向かって、続けた。

このことは誰にも知られてはならない、ことに同業者には。溺《おぼ》れた犬は水底に沈んでしまうまで棒で叩き続けるのが習いの世界で、弱みを見せることはすなわち死活に関わる問題となる。

そして冬狐堂はひと月ぶりに、競り市に復活した。

手始めに手がけたのが有田古陶。磁器が完成する以前の古窯の作で、落とし値は二十（万円）だった。会場を出る前に、同業者から二割増しで買い取りのアプローチがあったが、軽くいなして、一ヶ月後に捌いた。

揃《そろ》いの銀食器はペアのセットで落札。インターネットを通じて海外のコレクターへと捌き、代わりにロイヤル・クラウンダービーのカップを五組セットで手に入れた。

これなら大丈夫。わたしの目のことは誰も気づいていない。ときに、サングラスを着用した姿をからかう声があがっても、やっかみあるいは揶揄《やゆ》の域から逸脱したものではない。

だが、状況は確実に変わりつつあった。

細心の注意を払うことを自らに義務づけたつもりの陶子の周辺に、二ヵ月ほどが過ぎた頃から奇妙な噂が流れ始めた。

どうやら冬狐堂は目を病んでいるらしい。ま、あれもさんざ突っぱらかって生きてきたからな。因果応報ってモンじゃないのかい。

さすがの女狐も焼きが回ったものだ。奴さん、よりによって頒布会（競り市）でサングラスのまま絵皿を競り落とそうとしたんだと。会主から「それで本当に発色の具合がわかるのですか」と、文句をいわれたそうだ。

俺も似たような話を聞いたな。古伊万里の壺に、ありもしないニュウ（ひび）を見つけたとクレームこいて、えらい恥ィかいたとさ。

絵皿の一件も壺のニュウも、陶子には身に覚えのないことだった。が、決して表立って語られることのない悪意が、徐々に市場を侵食していった。可視不可視のそれぞれの場所から陶子は真綿で首を絞められるように追いつめられ、同時に陶子のもとに持ち込まれる品物にも変化があらわれた。あからさまに「冬狐堂の眼を試す」目的で、巧妙に《継ぎ》の入った陶磁器が、あるいは《時代付け》の施された家具が持ち込まれたのである。これはわたしの手に余るようですと、かつての陶子ならば断った品物もある。が、相手の意図が商売とは別のところにある以上、度重なる悪意に立ちはだかり、排除するしかなかった。それがかえって不自然であることも承知のうえで。

そんな折の、芦辺からの依頼だった。言葉の裏に同じ悪意の匂いをかぎ取ったものの、良きにつけ悪しきにつけ業界で大きな発言力を持つ富貴庵からの依頼に、陶子は旗師としての命運を賭ける気になった。

――きっと、芦辺は例の人形の秘密に気づいている。

なぜ、濤声作の和人形は三度にわたって返品されたのか。理由は人形そのものにある。芦辺はそれを知りつつ、陶子に預けたのだろう。ならば、人形の秘められた謎を解き明かしたうえで顧客に、正当な値で捌くか、

――あるいは……。

こうした理由があるからこそ幾度も返品されるのだと、芦辺に突き返さねばならない。「冬の狐」の名にかけて。

陶子は日に幾度も、同じ言葉をつぶやいた。

越名に人形を預けて六日目。宅配便で書類袋が届けられた。雅蘭堂のロゴと住所の印刷された封筒を開けると、数枚のレポート用紙が入っていた。

『ご依頼の件、調べておきました』

と、短いメッセージが添えられたレポートを、陶子は読み始めた。

「最初の搬入先は……」

福岡県在住の博多人形作家とあった。

「まったく……どこが西伊豆の客だか」

言葉にしながら、己の口元に浮かんだのが苦笑であったか、諦観《ていかん》の笑みであったか、陶子にはわからなかった。

レポートによると、北崎濤声は元は博多人形の工房に在籍していたらしい。後に素材を粘土から木材へと替えても、彩色の技法は博多人形のそれをそのまま継承していたのである。人形を購入したのは、博多人形工房時代の、兄弟弟子に当たる人物であった。ところが購入後まもなく、彼の小学二年生になる娘が人形をひどく怖がりはじめた。リビングの棚に置いた人形の傍《そば》を通るたびに怯《おび》え、しまいには引きつけでも起こしかねないほどになってしまった。娘いわく「人形が睨《にら》んでいる」のだそうだ。無論、そんなことがあり得るはずもない。どこから見ても人形は、嫣然《えんぜん》として笑みを浮かべるのみだ。だが、どう説得しても泣きやまない娘に業を煮やし、作家は富貴庵に返品を申し入れたという。

次の搬入先は、埼玉県の旧家である。周辺の土地を所有する地主で、濤声のコレクターとして知られている。もっとも本当のコレクターは彼の母親で、生前の濤声と親交があったという。今は床についたままの母親を慰める目的で新たな濤声作の人形を手に入れたが、ここでも奇妙な出来事が起きた。床についたままの母親の容態が、目に見えて悪くなったのである。寝付きがひどく悪くなり、夜中にたびたびうなされるようになってしまった。家政婦によれば、「ごめんなさい、ごめんなさい……さん、本当にごめんなさい」と、幾度も詫《わ》びの文句をつぶやくという。それがどうやら濤声の妻・美代子に当てた言葉であるらしいと気づいたが、そのときは返品までは考えなかったようだ。が、母親が枕元の文机《ふづくえ》に置いた濤声の人形に向かって床の中から手を合わせ、般若心経をつぶやくのを見るにいたって返品を決意したと、レポートには書かれていた。

最後の購入者は、板橋区の会社社長である。

「人形を購入するひと月前に、妻が交通事故で右足を複雑骨折、か。全治四ヶ月。その間車いす生活を余儀なくされた妻を、慰めるために人形を購入。そのあたりは二番目の購入者と、動機面に似ている部分がある」

グラスの赤ワインを口に含みながら、レポートの紙面の文字を追った。

空になったグラスに新たな一杯を注ぐか否か、陶子は迷った。すでに摂取した赤ワインは、グラスに二杯。食前酒代わりと主張してもよい程度の量だが、医師のアドバイスを思い出した。

適度なアルコールは眼のためにも良いが、過度の摂取は避けるように。

「けれど赤ワインポリフェノールは眼にいいともいうし」

自らに言い聞かせてボトルを取り上げたとき、ドアチャイムが鳴った。インタフォンの受話器を取り上げるや、「いるね」と、低い声が耳に届く。

——……！

ロックを解き、ドアチェーンをはずすまでのわずかな時間さえももどかしげにドアが開けられて、スニーカーを履いた右足が隙間《すきま》から差し入れられた。

「サラ金の取り立てじゃないんだから」

「いや、こうでもしないと性悪狐は逃げ出しかねない」

右足に続いてB４サイズの書類封筒を手にした右手が。直後に怒気を含んだ目つきの顔がのぞいた。

「硝子……さん、お久しぶり」

「って、挨拶《あいさつ》はそれだけなのかな」

「怖いなあ、眼が笑っていない」

どうぞという前に、横尾硝子が上がり込んできた。黒の綿パンと同色のタートルネック。無造作に束ねた髪が、革のブルゾンを脱ぎ去る動作にさっと揺れた。手にした封筒をソファーに投げ出し、先ほどまで陶子が手にしていたグラスに無遠慮に赤ワインを注ぎ入れた。

「こんなものを飲んでるんだ。心配してたあたしが馬鹿みたいじゃないか」

「いや、それは適度にアルコールを」

「噂を、知らないとでも思ってた？」

「………」

「おまけに越名さんを仲介者に仕立てて、仕事を依頼するなんて」

ほとんど水を飲む勢いで横尾硝子が立て続けに赤ワインを飲み干し、ボトルがすべてなくなると、今度はワインストッカーから白のボトルを取り出した。

「なにを怯えているんだい、陶子」

横尾硝子が、新たに白ワインを注いだグラスをぐいとあおった。

あたしに眼のことを知られるのが、それほど怖かったのかい。そりゃあ、あたしはカメラマンだ。眼の大切さは他の誰よりもよく知っている。己の眼から光を失う恐怖、これまでの人生がすべて水泡に帰すやるせなさ。だからといって、あんたがあたしから目を背けてどうするの。あんたの眼のことを知って、あたしが動揺するとでも思った。それとも同じように眼を酷使《こくし》する仕事に就いているあたしの顔が、まともに見られなかった。

硝子が噛みしめるようにいう。

「そうじゃない。けれど、今は硝子さんだけには会いたくなかった。会えば自分が惨《みじ》めになりそうで。なによりも」

「なによりも？」

「あなたに会うと、精一杯の背伸びをしている自分が、崩《くず》れてしまいそうだった」

「馬鹿だね。気持ちが萎《な》えることなんざ、誰にだってあることじゃないか」

馬鹿、ともう一度いって硝子が封筒の中身を取り出した。

大きく引き伸ばした紙焼き写真が三十枚ほど。いずれも濤声の人形を正面から撮影している。ただし、光の加減が違っていた。角度、強弱の設定を細かく変えて撮影されている。

「これを見るかぎり、例の人形に光の細工は施されてはいないようだ」

「そうなの」

人形はいずれも柔らかな笑みを浮かべている。越名のレポートに書かれた「人形が睨んでいる」といった表情はどこにもないし、北崎濤声となんらかの関係があったであろう老女が、彼の亡き妻に詫びを入れねばならないような恨みの表情もない。

「あたしのできる仕事はここまでだよ」

「ありがとう、感謝しています」

「よしとくれ、辛気《しんき》くさくて、お尻がむずむずしそうだ」

で、眼の具合はどうなの。と訊《たず》ねる硝子に、現在の病状を説明した。

飛蚊症のこと。網膜剝離のおそれがあること。

「でも心配しないで。先生がいうには、網膜剝離は決して恐ろしい病気ではないって」

「あたしの知り合いにも一人いるよ。確か術後、ひと月ほどで退院したんじゃないかな。視力もほとんど回復したって」

「カメラマンなの？」

「違うよ、以前に写真を撮ったおじいさん。大田区の町工場でレンズを磨く職人なんだが、この人が凄《すご》い。専門計測器でも見逃すようなミクロン単位のレンズの歪《ゆが》みを、指先一つで探し出すんだもの」

「ああ、どこかで聞いたことがある。たしかNASAの仕事も引き受けてるって」

「世界各国の衛星技術者が、順番待ちしているんだって」

「凄いんだ」

　そういいながら陶子は、胸の裡に広がる苦い感情を抑えきれなくなっていた。どれほど精密な計測機械よりも、鋭いセンサーを指先に有する技術者。そんな世界もあるんだと硝子はいいたいのかもしれない。けれどたとえ同じ感覚を身につけたところで、旗師の指先はあくまでも補助的な商売道具であって、それが視覚の代わりを務めることはあり得ない。

　硝子さん、残酷だよ、ちょっと。

　励《はげ》ましてくれるのはありがたいけれど。

　胸の痛みが「凄いよね、本当に」という言葉を、絞り出させた。

「だから、怖がる必要なんか」

　そういったまま硝子が言葉を続けなかったのは、自分のせいだと陶子は思った。

　いつの間にか己の頬を伝う涙のせいにちがいない。

いった。

「ごめん、無神経が過ぎたようだ」と、視線を逸《そ》らした硝子に、かぶりを振りながら

ねえ硝子さん。網膜剝離は決して恐ろしい病気じゃない。回復も十分に可能だと、専門医もいう。けれど機能が回復することと、眼の公平性まで回復することは別の問題ではないかしら。一度でも眼を患《わずら》ったわたしは、機能が回復したとしても常に眼をかばい続けるのではないか。怯えの宿ったこの眼と心が、果たして公平な判断を下すことができるのだろうか。そう考えるだけで、押しつぶされるような気分になるの。

下を向いたまま語り続ける陶子は、不意に背後から抱きしめられた。背中から伝わる熱量が、言葉となって耳朶《じだ》に直接響いた。

「じゃあ陶子、あんたはなにがなんでもこの人形の秘密を解き明かさなきゃいけないね」

「そのつもり」

「負けられないんだ、また」

「いつものことだもの」

「相変わらずいっぱいいっぱいの生き方しているんだねえ」

そういって上半身にまわされた硝子の腕に、力が込められた。

よしよしと、後ろ頭が軽く叩かれると、いっそうの涙がふきこぼれそうで、陶子は左右の奥歯を思い切り強く嚙みしめた。

三

どうだね、人形は捌けたかい。

芦辺からの電話に陶子は、「もう少しお時間をいただけませんか」とだけ応えた。

「当方はいっこうにかまわんよ、冬狐堂さんが気の済むまで、どうぞ預かってやってくださいな」

その物言いが、癇《かん》に障った。

「しかし、不思議ですね。どうして少女は人形に怯えたのでしょう」

こんなに良いお顔なのに、というと、受話器の向こうの言葉が詰まり、代わりに荒い鼻息が聞こえてきた。

「調べた……のか」

「二番目の搬入先では、濤声となんらかの関係があったと思われる老女が、濤声の妻である美代子夫人の名を呼びながら詫びていたとか」

「ちぇ、相変わらず油断のならねえ女狐だな」

「ついでに三番目の」

「もういい！　そちらの手の内はよくわかった。とにかくすべてはお前さんに任せたんだ。きっちりと白黒けじめをつけておくれよ」

「わかっています」

それだけいって受話器を置いた陶子の中に、ひらめいたものがあった。

草原を走り抜ける野うさぎの姿を、瞬間的にかいま見た感覚に似ていた。

――どうして富貴庵は……。

日頃は狸のように飄々《ひょうひょう》としている態度を一変させたのか。人形を預かる際、顧客のデータを隠そうとしたこととなにか関係があるのだろうか。あのときは、顧客データこそは店の財産だからと自らを納得させたが、芦辺の態度には別のベクトルが存在することに、陶子は気がついた。

人形が睨んでいると泣き出した少女。

人形に濤声の妻・美代子の恨みの表情を読みとって、詫びを乞うた老女。

三番目の搬入先でも、ほぼ同じことが起きている。居間の模造暖炉に置いた人形を見た車いすの妻が、突然悲鳴をあげ、車いすごと転倒してしまったのである。結果として怪我の具合がさらに悪化。「あの人形は呪われています」と言い張る妻の言葉が人形の返品につながった。

横尾硝子が部屋にやってきた翌日、人形は美術品専門の運搬業者の手で陶子の元に届けられている。ジュラルミンケースを収蔵庫から取り出し、開けてみた。

人形の笑みは今日も変わりない。変わるはずのない笑みだがそこには「なにか」があるに違いない。

「芦辺は、どこの時点で人形の秘密に気がついただろうか」

「どうして」

「三人の共通項とはなにか」

言葉にすると、また別の考えが浮かんだ。

三度の取引で、金銭はどのような動きを見せただろうか。

古美術・骨董の世界では独特の商取引形態が存在する。返品といっても、品物によほどの瑕疵《かし》がないかぎり、それは新たな買い取り契約になる場合が多い。百（万円）で買い取った品物が気に入らないからと返品しようとしても、業者が元値で引き取ることはまずない。百で売ったものを八十五で引き取り、また百の値を付けて別の客に売れば、品物を回転させるだけで利益が生まれることになる。嘘のような話だが、古美術も骨董品も数に限りがある商品であることを考慮すれば、納得するしかない。工業製品と違って、新たに生産できるものではない。お宝発見や掘り出し物の出現などといった言葉はあくまでもお伽話《とぎばなし》であって、現実には限りある品物が業者と蒐集家の間で循環し、価格の変動によって利益を生み出しているにすぎないのである。ふた昔前に業者に売った古茶碗が、十倍の値でまた戻ってきたなどといった話は、日常茶飯事といってよい。

「あの狸め、まさか……いや、そんなことがあり得るかな」

陶子の頭の中をよぎった野うさぎが、振り返ってアッカンベーをした。おまけにそいつの頭部は見事に禿《は》げあがっている。よく見ればうさぎではなく狸だ。

北崎濤声作の和人形。しかもそれは亡き妻をモデルに制作されている。濤声の人形の相場価格が百ないし百五十とすれば、付加価値を考えると二百以下で取引されたとは考えづらい。

「いや、違うな」と、陶子は唇をかんだ。

北崎濤声は妻が自殺した翌年、やはり自ら命を絶っている。苦悩の果ての後追い自殺に違いあるまいと、周囲は皆、納得したそうだ。それほど妻の死を悼《いた》んだ濤声の晩年の作である。濤声作という価値。妻がモデルという価値。晩年の作であるという価値。

「そして売ったのが上野のお山の狸であるという事実」

――たぶん三百、あるいは三百五十……。

芦辺の仕入れ値が仮に二百五十として、三百五十の売値では百の儲《もう》けにしかならない。さらなる利益を追求するにはどうすればよいか。深く考える必要などない、答えは簡単に導き出すことができる。

陶子は人形を凝視《ぎょうし》した。

「芦辺は最初からあなたの秘密を知っていた。そして」

極めて高い確率で人形を返品するであろう客を選び、売りつけたのである。返品と新たなる販売を繰り返すことで、芦辺の元には雪だるま式に利益が転がり込むことになる。回転がどこか途中で止まったとしても、最低利益は最初から確保されているのだから、損はない。

ただしこのやり方にも限界がある。幾度か繰り返すうちに、人形にマイナスイメージの噂話がこびりつき、販売が難しくなるのである。

「そこで最後のジョーカーを引く人間が必要になった、か」

旗師の命でもある眼を病んだと噂される、女狐である。

陶子は芦辺の思考を正確にトレースすることができた。

レンタルスタジオには数本のポールで撮影台が組まれている。湾曲《わんきょく》させたアクリル板の上に和人形が乗せられ、その前後左右にスポットライト、下からはストロボ発光ができるようにセットされている。

「まったく、奇妙なことを考えるね」

横尾硝子が、ピンスポットで露出を測ることのできるメーターを操作しながらいった。

「ちょっとした思いつきなのよ」

「それができるから、あんたは凄いんだ」

「まだ、結果が出たわけではないもの」

「そりゃあ、そうだけど」

濤声の和人形を、もう一度撮影して欲しい。それも今度は光の角度だけではなく、カメラの視線そのものを変えて。そう注文した陶子に「カメラの視線?」と、硝子は当惑を隠さなかった。人形とはそもそも正面から見ることを義務づけられた鑑賞物である。わざわざ斜めから見たり下から覗きあげたりする人間はいないし、そのように作られた人形もない。

「ところが陶子は、この人形を向かって左斜め下から撮影して欲しいという。そんなところから人形を眺める人間なんて」

「それがいるんだな」

「いったいどういう人種だろう」

たとえば、と陶子はいった。

小学二年生の女の子は、その身長からリビングの棚に置いた人形を下から仰ぎ見ることしかできないだろう。

長く床に臥《ふ》せった老女もまたしかり。枕頭《ちんとう》近くの文机に飾られた人形を、彼女は下から仰ぎ見ることしかできなかった。

「車いすに座ったままの女性の目線は、たぶん小学二年生の女の子と変わりがないと思う」

「そうか、すると模造暖炉の上に飾られた人形は、やっぱり」

「三人に共通していたのは、その目線の高さではないかと、わたしは考えたの」

陶子自身も現物の人形を斜め下から覗いてみた。だが、そこに変化は見られない。だとすれば、もう一つの要素が必要なのではないか。

「で、光というわけか」

「そう。二つの要素が交差したところに、この人形の秘密は隠されている」

そういったとたん、硝子がカメラのファインダーから眼をはなした。ほとんど駆け寄る勢いで陶子に近づき、なにをするのという間もなくサングラスを奪った。

「なにが、あった？」

「別に……なにも」

「あなたの推察は見事だと思う。でも、推察にしちゃあ、言葉尻に自信が滲みすぎてる。あたしの知っている冬狐堂は、そんな浅学な自信家じゃないはずなんだ」

陶子は言葉に詰まった。「なにがあった」と再び問う硝子に、

「注意信号がね、灯ったの」

「眼の、かい？」

「目頭に鈍い痛みが走りはじめると、注意信号。なるべく早急に眼を休めなさいと、専門医にいわれた」

「なるほど、それで」

「部屋の冷蔵庫に用意しておいた、冷却パッド付きのアイマスクをかけたのよ」

眼の異変に気づいたのは五日前、雅蘭堂の越名に電話をしている最中だった。富貴

庵の芦辺が、三人の顧客に人形をいくらで納入したか。返品の際はいくらで買い戻したか。そうしたことを調べて欲しいと依頼した直後に、目頭が急に熱くなった。まもなく痛みが始まることは、経験から確かである。不作法を承知で越名の電話を唐突に切り、陶子は冷蔵庫へ向かった。

「症状そのものはたいしたことはなかった。三十分も冷やしていれば、たいてい痛みは取れるのよ。そのときも、アイマスクを当てるとすぐに楽になった。でも」

「あんたは、なにかに気がついたんだ」

「それ以前に、顧客三人の視線の高さが共通していることについては推測できていた。あと一つの要素はなんだろうと、眼を休めながら考えたわ。もしかしたら光？　けれど光によって左右されるのは影だし、影を変化させるにはそれに見合った凹凸がなければならない」

　そのとき陶子は思い出した。ミクロン単位のレンズの歪みを、指先で探り当てる職人の話である。

　ジュラルミンケースから人形を取り出すと、陶子は再びアイマスクを装着した。常用の布手袋をはめずに、素手で人形に触れた。指先に刻まれた指紋《しもん》の線、一本一本に神経を集中させた。もしかしたらこの人形には、肉眼ではとらえることのできない微かな凹凸が刻まれているのではないか。濤声の作る人形は、素材が木材である。たとえばわずかな彫りを木目に沿って刻むことで、そうしたことは可能ではないか。

「で、わかったの」

「ええ。わたしの指先はなにかを感じとった。人形の眼に当たる部分、それに唇に当たる部分に、ほんのわずかな違和感があった」

「なにかって?」

「それがわからないから、硝子さんに仕事をお願いしたんじゃないの」

「そりゃ、そうだね」

「これで、人形の秘密はたぶん解き明かすことができる」

「あとは上野の古狸をどう料理するか、だね」

そういいながら硝子は再び、作業を再開した。

一時間後。

二人は人形に込められた怨嗟《えんさ》の奇跡を目の当たりにした。

# 四

「で、富貴庵にはなんと」

下北沢でもそれと知られる喫茶店で、珈琲カップを前にして越名がいった。

「三百二十で、人形を買い取ることにしました」

ふむと、越名が胸のところで組んだ腕をほどきながら短くいった。

もともと、芦辺の狙いはそこにあったのですから。三人の顧客がわざと人形を返品するよう仕向け、あの男は転売利益とでもいうべきものを得ました。というよりも、小学生の女の子、臥せったままの老女、車いすの女性がいるからこそ、人形を売ったのです。彼女たちがそれぞれ人形を下から見上げたとき、向かって右上からの照明が当たるとそこには驚くべき表情が浮かび上がる仕掛けになっていたんですよ。けれどこの方法をいく度か繰り返すと、人形にはダークエピソードがつきまとって、それ以上の転売が難しくなる。そこで芦辺は考えました。こいつを最後に売りつける相手を探そうと。

「それが冬狐堂さんだった」

「眼を病んでいると噂が流れている旗師ならば、この話に食いつかないはずがない。濤声作の人形にはなんらかの秘密が隠されている。それを解き明かすことで、悪い噂を払拭《ふっしょく》しようとするに違いない」

「良くも悪くも、彼の読みは当たったわけだ」

「芦辺は思ったはずです。わたしに秘密を解くことができるはずがない。しかし解けなかったとは、意地でもいうはずがないから」

「あとは、買い手がついたことにして、あなたが人形を引き取るだろうと」

「まさに、富貴庵にはなんの損害も与えない奇策です」

だが、と陶子は胸の深いところで苦い笑みを浮かべた。

「ところで、先ほどから話題になっている人形の仕掛けだが」

「お知りになりたいですか」

「当たり前じゃないか。せっかくここまで冬狐堂さん一味に与《くみ》したんだもの」

「一味はよかったな。秘密はこれです」

そういって陶子は一枚の写真をバッグから取り出した。

写真を見るなり、越名の唇が奇妙に歪んだ。「これは」といったきり、言葉が続かないのも無理はない。陶子自身、それを目にしたときには息を呑んだほどだ。カメラを人形の左下にセットし、右上からスポットを当てて撮影した写真には、陰惨な目つきでカメラを睨み、口元には侮蔑の笑みを浮かべた女の姿が写っている。

「肉眼ではまったく視認することができませんが、目の下に小さな眼球が、唇の下に六本ばかり歯が彫り込まれているんです」

「それだけのことで、これほどまでに表情が」

「すべては人形を見る角度と照明の効果です。左下から仰ぎ見たとき、右上からの照明が当たると、あるかなしの微かな彫りが影を作り、これほどはっきりと眼球と歯を浮かびあがらせるんです」

笑っているはずの目は憎悪の眼差しと変化し、浮かびあがった歯は笑みに陰惨さを与える。

「しかし、濤声はどうしてこんなものを」

「実はその件で、雅蘭堂さんにもうひと肌脱いでいただければ、と」

そういって、陶子はサングラスをはずした。

「目の方は、もういいのですか」

「おかげさまで」

「では、お聞きしましょうか、新たな依頼を」

なぜだか嬉しそうに、越名が珈琲の残りを飲み干した。

ああ、富貴庵さんですか。実は見ていただきたい品物があるんですが、ご都合はいかがでしょう。ものですか。それは見てのお楽しみということで。これまでわたしが富貴庵さんをがっかりさせたことがありまして。任せておいてください。決して無駄な時間を過ごさせるようなことはありませんから。今、新幹線の中です。ええ、仕入れ先はちょっとお教えすることはできませんが、東北の旧家、とでもしておきますか。ものはしっかりしています。では、あと一時間ほどで上野に到着しますので。

電話で連絡を入れると、陶子は車を発進させた。

——東北の旧家ね。

芦辺がどこまで信用するかはわからない。たぶん、新幹線の中であるという言葉さえも、信用しないのではないか。

——それで結構。胡散臭《うさんくさ》く思われたほうが好都合。

都内を適当に流し、上野公園近くのパーキングに車を置いて、陶子は富貴庵を目指した。店内に足を踏み入れるなり、「遅いじゃないか」とだみ声が飛んできた。

「あの時間の新幹線なら二十分も前に上野に到着していたはずだ」

「時刻表を確かめたのですか」

「乗ってもいねえ新幹線に乗っていると、だまくらかす奴は信用できねえな」

「小腹が空いていたので、軽食を摂ってきたのですよ」

「まあ、いいやな。さっそくだが、ものを見せてもらおうか」

陶子はジュラルミンケースから品物を取り出した。幾重にも巻き付けた白のさらしを取り去ると、芦辺の唇がへの字に曲がり、目玉が今にも飛び出しそうなほど、大きく剝かれた。

「悪い冗談だな」

「冗談ではありませんよ。これを引き取っていただきたいのです」

「それは、返品という意味かい」

「いいえ、商談です」

北崎濤声作、和人形。陶子が芦辺から三百二十（万円）で買い取った品物である。

「富貴庵を相手に、いい根性だ」

「濤声の晩年の作で、自殺した彼の妻がモデルです」

「指し値はいくらだ」

「富貴庵さんなら、おいくらくらいの値を付けますか」

「そうさなあ、こいつには悪い噂がついていてね。品物としては動かしづらいんだ。せいぜいつけても、百八十だな」

売値の六掛けにも満たないとはと、陶子は苦笑した。

「なにがおかしい」

「いえ。けれど付加価値がつけば別でしょう」

「ほお、聞こうじゃないか」

説明よりもと、陶子は一枚の写真を取り出した。横尾硝子に撮影してもらった、例の写真である。

「面白い仕掛けが施されているとは思いませんか」

「……気づきやがったか」

「ええ、ついでにいうと、あなたが企《たくら》んだ仕掛けにも」

「商売のやり方は、人それぞれだからな」

「どうです、少しは値を上げる気になりましたか」

「ま、ご苦労賃を入れて二百……だな」

では、さらに付加価値を、と陶子がいうと、芦辺の目元に別の表情が浮かんだ。

北崎濤声は、どうしてこのような禍々《まがまが》しい人形を制作したのでしょうか。しかもモデルは最愛の夫人です。二人はまさにつがいのおしどりであったと、周囲は証言しています。最愛の妻を失い、力つきたように濤声もまた一年後に自らの命を絶っているのです。だとすれば、この作品は妻へのメッセージであり、同時に濤声の遺書でもあるはずなのですよ。ね、こんな気味の悪い仕掛けを施すはずがありません。けれど濤声は施してしまった。ちょっと見には嫣然と笑う人形でありながら、別の目から見ると相手を睨み、侮蔑の笑みを浮かべる夫人の姿を残したのです。もしかしたら、これが真実の姿であったかもしれませんね。夫人が愛していたのは濤声ではなく、彼の持つ技術だけであった。つがいのおしどりのように寄り添うさまは、実は夫を四六時中監視する妻の姿でしかなかった。あなたは人形さえ作っていればいい。他に目をやる暇など与えてなるものか。その腕がなければあなたは単なる社会不適応者だ。あなたはただ、わたしのために人形を作り続けるのだ。

陶子の言葉に、芦辺の目つきがまた変わった。大きな目がいつの間にか細くなり、濤声の人形に施された仕掛けを思わせた。

「なにがいいたい」

「もしかしたら、濤声の妻は自殺ではないかもしれませんね」

「馬鹿なことを！　じゃあなにか、本当は濤声が夫人を」

「このエピソードをおつけしたら、値はもっと上がりませんか」

「そんなものは付加価値でもなんでもない。単なるお前さんの与太話だろう」

その言葉の激しさに、陶子は富貴庵がまったく同じ推論を思い描いていることを確信した。名声を誇る北崎濤声が、実は殺人者であった。それが事実ならば、また別のコレクターに付加価値をつけて売りさばくこともできるだろう。だが、確証がなければただの邪推である。濤声の名に傷がつくやもしれない。

「実は今日はもう一点」と、陶子は新たな包みをケースから取り出した。

「なんだ」

「どうやら富貴庵さんもお気づきではないようですね。この人形の不自然さを」

「仕掛けのことならとうに知っていた」

「いえ、もう一つの仕掛けについて、ですよ」

さらしをほどいた。

中から現れたのは、羽織姿の男の人形である。

富貴庵さんほどの目利きでも気づきませんでしたか。わたし、人形の仕掛けを知ったときからどうしても気に掛かっていたんです。どうして人形は左斜め下から見上げねばならなかったのか。もしかしたら、この人形はなにかを見ているのではないか。

つまり左斜め下にはもう一つ、なにかがあるのではないだろうか、と。人形はなにかを見下ろしている。左斜め下になにかがあって、そこから見上げると実にいやな表情になる。おわかりですね。彼女がそんな視線を与えていた相手。すなわち濤声本人が彼女の目線の先になければならないんです。

陶子はそういって、男性人形を女性人形の横に並べた。

「おっと、この位置関係ではだめなんだ」

芦辺の座る座布団の横から、何冊かの書籍を借り、そこに女性人形を置いた。ちょうど彼女の足元に頭部が来るよう、男性人形を置いて、

「北崎濤声作、倣雛《ならいびな》です」

宣言に似た陶子の言葉に、

「こじつけだ」と、芦辺が吐き出すようにいった。

「けれどこの男性人形は、濤声が最晩年に制作したものです。調べはちゃんとついているんです」

「だからといって、二つの人形が対《つい》であるということにはなるまいて」

「なるんです、それが」

男性人形は羽織姿で、やはり笑みを浮かべている。あくまでも、正面から見れば、

の笑みである。

「じゃあ、まさか」

「はい、これにも仕掛けが施してありました」

女性人形が濤声の化身でもある男性人形を見下ろしているのなら、と陶子はまた別の写真を取り出した。男人形の向かって右斜め上にカメラをセットし、左斜め下からスポットを当てて撮影したものだ。

「女性人形とは、完全に逆位置です。撮影ポイントも光の加減も」

「こいつは、いったい」

写真の中で男性人形の笑みは消え、代わりに憤怒《ふんぬ》に歪んだ目と、今にも泣き出しそうな歪んだ唇をもつ男の姿に変化していた。

無理心中だったのですよ、濤声の。美代子の仕打ちと視線に耐えきれなくなった濤声は、妻を殺し、そして一年後に自らも自殺した。一年のタイムラグは、無理心中であることをカムフラージュするためには、仕方がなかったのでしょう。だが誰かに思いを伝えたくて、こんな人形を残したのではないでしょうか。

陶子の言葉が途切れるや、

「どこで見つけてきた」と、芦辺がいった。

「秘密です。それがこの世界の常識でしょう」

「いくらで売る」

「揃いで八百五十」

「高すぎる。せいぜい八百がいいところだ」

「どうせ千以上の値を付け、ついでに新たに証拠写真でもつけて売る気でしょうに」

陶子は二体の人形にさらしを巻き始めた。その手を老人とは思えない力でつかんだ芦辺が、「どうする気だ」と、歯と歯の間から絞り出すようにいった。

「わかりきったことを。別の売り手を探すだけです」

「そんなことは許されんぞ」

「値の折り合いがつかねば、商談はご破算。それが我々のやり方です」

「八百二十でどうだ」

陶子はなおも仕舞い支度をやめようとはしなかった。二体をジュラルミンケースに入れ、閉じようとするときになって、

「言い値でいただこう」

「ありがとうございます」

「小切手でいいな」

内ポケットから名刺入れを取り出し、中の一枚に銀行の口座番号を書き入れた。

「こちらにお振り込みください。入金を確認次第、現物をお持ちします」

「信用していいんだな。取り込み詐欺みてえな真似ェ、しやがると」

「ご冗談でしょう。旗師は信用こそが命」

それだけいって店を出るとき、背中に「こりねえ、女狐だよ」とだみ声が浴びせられたが、賞賛のエールと受け取ることにして敢えて言葉を返さなかった。

クーラーバッグから取り出したのは富山の地酒。足元に広げたのは、銀座でそれと知られる焼鳥屋の串盛りである。

「では、無事商談成立ということで」

「まずはよかったよかった」

上野公園の桜の下で、陶子は横尾硝子と共に祝杯を挙げた。

「雅蘭堂の越名さんも呼べばよかったのに」

と、硝子が串を頬張りながらいった。

「別の市があるんだって」

「じゃあ、仕方がないか」

「例の男性人形を探すのに、ずいぶんと手間を掛けさせちゃったからなあ」

「でも陶子はちゃんと報酬を支払ったんだろう」

「それが、ね」

眼の快気祝いだといって、越名はどうしても報酬を受け取ろうとはしなかった。

「快気祝いって、治ってなんかいないじゃないか」

「それだけの気力があれば、治ったも同然だって」

「あの人らしいねえ」

降りしきる桜吹雪の花びらが、陶子と硝子のグラスにそれぞれ舞い落ちた。

「ああ、桜吹雪には美女がよく似合う」

硝子の言葉が、なぜか遠い世界の賛美歌に聞こえた。

――ソウ。ワタシハ旗師ヲヤメナイ、狐ハ負ケナイ。

サングラス越しに舞い散る花びらを見ながら、陶子はグラスの中身を飲み干した。

# 苦い狐

『蒼《あお》き死を悼《いた》む

沼 倫太郎

杉本深苗君。

研ぎ澄まされた感性と凄《すさ》まじいばかりの集中力の人であった。

あれは二年ほど前になるだろうか。日の落ちきった暗い冬のデッサン室。所用があって戻ってきたわたしは、部屋の電灯をつけて驚いた。ほとんど闇の世界といって良いほどの部屋、誰もいるはずのない場所に、杉本君がイーゼルに向かっていた。イメージと対峙《たいじ》し、瞑想《めいそう》してるのかと思ったがそうではなかった。イーゼルに掛けたデッサン帳に向かい、機械の正確さを発揮《はっき》して鉛筆を動かしているのだった。

よく見えるなと問えば、暗くなったことに気づかなかったと答える。どうやらわたしが電灯をつけたことさえ気づかなかったらしい。

デッサン帳をのぞき込んでまた驚いた。靉光《あいみつ》を思わせるその精密さは、とても暗闇で描いたものとは思えない。構図は自由にして奔放、しかし細部には諸線の奔流をねじ伏せる力と、自在に操る繊細《せんさい》さがあって、そしてなによりも優しかった。無造作に後ろで束ねた長い髪をほどき、その特徴ある長いまつげの下に小動物のように光る目が、どうでしょうかといっている。わたしには答えることができなかった。画業とはなにか。技術とはなにか。線を引くとはどういうことか。一枚の絵が問いかけているようで、恥ずかしいことにわたしは彼女の師でありながら、答えることができなかった。

また、こんなことがあった。

当時わたしの受け持ちクラスである油絵・洋画コースは、受講生が二十名ほど。こぢんまりとしているといえば聞こえはよいが、要するにわたしに甲斐性《かいしょう》がないばかりに、それを慕《した》う学生も少ないという、けれど師弟一体の和やかなクラスであった。そんな中で杉本君の存在は異色だった。

週末になると、反省会と称して空き教場で酒など飲むのが習慣となっていた。酒の勢いで青臭い芸術論を戦わせるのは、美学生の特権であったかもしれない。杉本君はめっぽう酒が強かった。言葉は少なかったが、誰の議論にも物怖《ものお》じすることなく、そして真剣に耳を傾ける人だった。クラスにはもう一人女子学生がいたが、こちらは青臭い芸術論をどこか醒《さ》めた目で見ていたようで、議論にも本気で参加する気持ちが希薄だったようだ。だからどちらかといえば杉本君の方に、学生が集まりがちだった。

その杉本君が、つっと席を立つ。トイレだろうと思ったのだが、三十分経っても一時間経っても彼女は帰ってこない。皆で捜しにゆくと、デッサン室の明かりがついている。中をのぞき込むと、やはり彼女がイーゼルに立ち向かっているのであった。

今の話で急にイメージが湧いたという。学生の一人が、明日でもいいじゃないかと茶化すと、その頬を紅潮させ、丸い目をいっぱいに開いて杉本君は抗議するのだった。このイメージが失われたらどうするのですか。あなたが保証してくれるのですか。イメージとは刹那《せつな》の映像にすぎない。だからわたしにとっては今が画家の時間なのです。昼も夜もない。画家であるべきときに画家でないことほど、つらいものはない。

そんな杉本君が、ある時から描けなくなった。

いたずらに磨かれてゆく技術に、創造者の信念は反乱を起こしたのであろうか。あれほどの精密さを誇った彼女のデッサン力は影を潜め、線一本を取り出すことも、色一色選ぶこともできなくなった。

半年ばかりも苦しんだろうか。カンバスの前で、塑像《そぞう》と化す彼女の姿を見続けるわたしもつらかった。けれど、杉本君がこのまま、真の創造の神に愛されぬまま堆積物と化すことなどあり得ないと信じる気持ちもまた、わたしの中にあったのだ。

体調を崩《くず》し、熱海の病院に三週間ほど入院したと聞いた。

一度見舞いにゆこうと思いつつも、雑事に追われているところへ、杉本君から一本の電話があった。

アーシル・ゴーキーがわかった、と。

かくして生まれた秀作が《夜の点と線》である。

見事な構図にまず感嘆した。杉本君が抽象化して見せたのは夜の海であろうか。月夜にさざめく波は鮮やかな銀線と化し、浜辺に燃える釣り人のランターンとおぼしき光は赤き点として存在する。

それまで培ってきた技法から解放され、抽象表現主義者としての杉本深苗が、誕生した。作品は決して量産できなかったが、彼女はカンバスにイメージを固定させ、点と点とを結びつけるという作業の中で、独自のフォルムを完成させたのだった。

その彼女が、このような非業《ひごう》の死を迎えることなど、誰が想像し得ただろうか。よりによって自宅兼アトリエから出火し、彼女が描き残したすべての作品とともに、自らが灰燼《かいじん》に帰してしまうとは！　かつてゴーキーがアトリエの火事によって多くの作品を失ったように……いや、彼女は自らの命までも燃やし尽くしてしまったのだ。

わたしは杉本深苗の蒼き死を心より悼む。

その作品を失わしめた運命を心より呪わしく思う。

あの小さく美しかった掌《てのひら》も、そこに握られる絵筆もなく、そしてイーゼルと格闘する後ろ姿も、もう見ることはないのだな。

それがとてつもなく寂《さび》しい。

六月十八日・深夜記す』

一

アーシル・ゴーキーがわかった。

その一文を目にして、宇佐見陶子《うさみとうこ》は人目もはばからず大粒の涙をこぼした。池尻大橋のバー。顔なじみのバーマンが、「どうしましたか」と声を掛けてくれたが、それには答えず一文が掲載されたB６サイズの小冊子を閉じて、バッグにしまった。

スモーキーフレーバーの強いバーボンをダブルのロックで注文し、それを短い時間で飲み干して、もう一度小冊子を取り出した。

表紙には《杉本深苗　追悼画集　復刻版》とある。

「いったい誰が、こんなものを」

はじめて見る冊子ではなかった。復刻版とあるように、冊子の元本《もとほん》は二十年近く前に造られている。しかも杉本深苗を知る数人の有志が持ち寄った資金を元に、限定五十部の私家版として製本され、ごく一部の人間に配布されたのみである。陶子はそのごく一部であったばかりでなく、製本資金の一部を提供した有志の一人でもあった。

ページをめくると、胸の奥深いところで鈍く疼《うず》くものを感じた。

かつて味わった絶望、焦燥、挫折、懊悩《おうのう》。そうしたものが綯《な》い交ぜになった「苦さ」が、こみ上げてくる。だが、その奥底にあるのは、紛れもない懐かしさでもあった。

杉本深苗の名前はいつだって陶子の中に貼りついていたし、折に触れて思い出すこともあった。

——わたしにとってはいつまでも苦く、懐かしい名前。

追悼文にあるように、彼女は大学四年生の夏の日、自宅兼アトリエで発生した火災によって、すべての作品とともに命までも失っている。追悼の画集を制作することができたのは、全作品を撮影した写真が大学に残されていたからだ。

背中をぽんと叩かれた。声の主が「マティーニをロックスタイルで」とバーマンに注文して、隣のスツールに腰を下ろした。

「待たせたかい」

「呼び出したりして、迷惑じゃなかった？」

「とんでもない。本業が夏枯れでね、腐っていたんだ」

カメラマンの横尾《よこお》硝子《しょうこ》が、屈託のない笑顔でいった。

「じゃあ、よかった」

「どうしたの、珍しく暗い顔をしているじゃないか。眼の具合が悪いようには見えないし、商売をしくじった、というわけじゃなさそうだけれど——」

「今回は商売抜き。だからまともな報酬も払えないかもしれない」

「その分、面白きゃいいよ」

陶子は杉本深苗の追悼画集を硝子に渡した。「なんだいこりゃ」とページをめくる硝子の手の動きは、すぐに速度を落とし、やがてまったく動かなくなった。

一枚の絵を前に、硝子の視線が釘付けになっている。

黒く塗りつぶされたカンバスの斜め左半分に、無数の銀線が走っている。それは直線であったり曲線であったりするのだが、どこか不安定で頼りなく、まるで画面で明滅しているかのようだ。そして線と線をつなぐいくつかの点に、朱が置かれている。わずかに白が混じっているのだが、まわりの朱と背景の黒を吸収するのか、金色にしか見えない。見るものをして、自らが抱えた心の闇を確認せずにはいられない、魔性がそこにある。

「タイトルは《夜の点と線》……いい絵でしょう」

「うん、絵のことはよくわからないが……これがよい絵であることはわかるよ。寒々として、恐ろしいほどだね。なんだろう、どこかで同じような絵を見た気がするんだが」

「たぶんそれは、アメリカの画家、アーシル・ゴーキーでしょう」

「そうだ、その名前に聞き覚えがある」

ゴーキーはアルメニア生まれのアメリカ人画家で、最後のシュルレアリストにして最初の抽象表現主義者とも呼ばれている。そのタッチ、ことに一九四〇年代に制作された作品群は、アメリカ独自の抽象画を完成させたともいわれ、後世の画家に大きな影響を与えた。

「確か、悲惨な末路をたどったって……」

硝子の言葉に陶子はうなずき、

「一九四〇年代半ばから、彼の悲劇は始まるの。アトリエの火事によって多くの作品を失い、おまけに癌《がん》に倒れている。その手術が成功して、いよいよこれから復活というときになって交通事故で手の感覚を失った。そのころから精神的に追いつめられたせいか奇行が目立つようになり、やがて奥さんは子供を連れて彼の元を離れてしまう」

「悲劇の見本市だね」

「最後は、自ら命を絶ってしまう。ある意味では、芸術家は皆、悲惨な末路をたどる運命にあるかもしれない」

「らしくないことを口にするじゃないか」

けれど、どれほど悲惨な人生を送ろうとも彼の作品は残った。あたかも彼の悲劇を養分とし、その死の代償でもあるかのように、多くの人々に今も愛されている。ただそれだけで、芸術家としてのゴーキーは満足すべきではないか。

ぽつりぽつりと、再び涙がこぼれ始めるのがわかった。けれど陶子は話をやめることができなかった。次第にあの懐かしい杉本深苗の姿形、声の質、しゃべり方、はにかむような笑顔といった思い出のデッサンが、輪郭を濃くしてゆく。

「その絵の作者もまた、ゴーキーの影響を強く受けているの」

「……………」

「そして彼女もまた若くして命を失った」

「自殺だったのかい」

「わからない。事故として処理されたはずだけど」

――そう。彼女は二十一歳でこの世を去った。あの言葉を残して。


『陶子、わたし、ゴーキーが見えたよ』


二十一歳の陶子がいた。

デニムのオーバーオールが絵の具で汚れるのを気にもせず、いや、むしろその汚さを誇るように上野のキャンパスを闊歩《かっぽ》する画学生だった。今と違って、肩まであった髪を無造作にバンダナでくくり、服装はいつも同じ。夏は暑苦しく、冬はさぞ寒そうに見えたことだろう。金とは無縁であったし、たとえ余分な実入りがあったとしても、それらはすべて画材に消えていった。来る日も来る日も未完の大作に挑み続け、互いを批判し、ときには罵《ののし》り、そして落ち込んで、また翌日にはカンバスに立ち向かっていった。

美神・ミューズを信奉する精神に恥じぬかぎり、あらゆる放埒《ほうらつ》も浪費も、許される世界だったかもしれない。そこには男と女の区別さえなかったのではないか。

いや、あった。

沼倫太郎の教室の中には確かに匂い立つような女性がいた。それが杉本深苗だった。周囲の視線を常に一点に引きつけ、和やかにする才能を持っていた。

マラッカ・ジンのストレートを舐《な》めながら、

「珍しいねえ、陶子が昔話をするなんて。まさかその杉本深苗に嫉妬《しっと》していた、とか」

横尾硝子が、陶子の胸の裡《うち》をのぞき込むようにいった。

「ウン。嫉妬していたと思う。いや、していた」

「相当な美貌の持ち主だったようだね。男の視線がそちらに集まるのが悔しかったとか、まさかね」

陶子は自らが首を横に振るかわりに、手にしたオールドファッションドグラスを左右に振った。

「だったら、どれほど気持ちが楽だったか」

「よほどの才能の持ち主だったらしい」

「敵《かな》わなかった。わたしはなにをやっても彼女に敵わなかった」

陶子は今でも、はじめて見た杉本深苗のデッサンを目の奥に再現することができる。その線の豊かさと繊細さに驚愕《きょうがく》し、挫折感と同時に覚えた強烈な嫉妬心を、今でもまったく同じテンションで味わうことができる。

美しきものは人を感動させる能力と同時に、狂おしさを呼び覚ます能力を備えていることを、そのとき陶子は知った。

「で？　そろそろ本題に入ろうか」

「その画集。わたしたちがお金を出し合って、彼女が死んだ翌年に作ったものなの」

「復刻版とあるけど」

「わたしたちが作ったのはたったの五十部。誰がいったい何の目的で杉本深苗の追悼画集を復刊したのか」

「また、やっかいなことに首をつっこむんだ」

冊子が郵送されてきたのは一昨日のことだ。宛名に「冬狐堂《とうこどう》」の文字がなかったことから、私信であることはすぐにわかった。封筒を開け、中身を確認した陶子は、不意打ちを食らった野の獣《けもの》のようにその場に凍り付いてしまった。

「常識的に考えれば、遺族だろうねえ」

「すぐに連絡を取ったわ。けれど彼女の両親は五年前に相次《あいつ》いで他界していたの」

「じゃあ、兄弟とか」

「一人っ子だし、めぼしい親戚筋もなかった」

「で、狐《きつね》さんはますます不信感を抱いた、と」

グラスの中身が既になくなっていることも忘れて、陶子はうなずいた。

「あたしになにをやれと？」

「硝子さんは仕事柄、印刷所に伝手《つて》があるでしょう」

「おいおい、まさかこいつを刷った印刷所を探せというんじゃないだろうね」

自費出版であることはほぼ間違いないだろう。ならば印刷所が製本を兼ねている可能性は極めて高い。だが、復刻版のどこを見ても印刷所の名前はおろか、連絡先さえも記されてはいない。

そういったうえで、硝子は一言「そいつは無理だ」と断言した。

だいたい都内に零細印刷所がどれくらいあると思う？　百や二百じゃきかないだろう。範囲を関東近県に広げれば、数はますます増える。地方の印刷所に頼んだとすれば、もう絶望的だよ、陶子。

「やはり……無理かな」

「悪いけれど、不可能だろうね」

ならば、と陶子はいった。

「印刷の専門家にこれをみてもらえないかな」

「見て、どうするって。ああ、そういうことか」

見たところ、復刻版の画質は悪くない。もしもかつて陶子たちが制作した追悼画集を元本にしているとすれば、印刷物からの転写となるから、これほどの画質を望むことはできないはずだ。

「まあ、最近はスキャナーを使って画像を取り込み、コンピュータ内で修整するって方法もあるからねえ」

「ずいぶんと性能の良い画像ソフトがあるんだって」

「そりゃあもう！　印影だけで印鑑をそっくり偽造できるほどだよ」

同じように、この復刻版もまたコンピュータ処理によって再現されたものか、否か。印刷の専門家ならばわかるのではないか。制作者——ということは送り主でもある——がわからぬ以上、手がかりは冊子そのものしかない。制作過程を再現することで、陶子は糸をたぐろうとしたのである。

「やってみよう」と、いったんは立ち上がった硝子が、もう一度スツールに腰を下ろした。煙草《たばこ》に火をつけ、新たなカクテルを注文した。

ジンベースで、活が入りそうなきつめの奴を。

「ひとつ、聞き忘れたよ」

「どうしてわたしが、この一件に執着するのか」

「わかっているじゃないか」

カルバドスを、とバーマンにいって、陶子は硝子の煙草を一本抜き取った。

「はじめて見たね。吸うんだ」

硝子の差し出すライターの火で、陶子は久しぶりに煙草の煙を口内に泳がせた。

「そうか、こんな味がしていたんだ。苦いなあ」

学生時代はヘビースモーカーの部類だった。けれどこの仕事に就いてから、煙草はきっぱりとやめた。

「ということは、今のあんたは冬狐堂ではない」

「わたしは彼女の才能に嫉妬し、自分の才能に絶望したの」

「それで、画家になるのを諦めた？　ずいぶんと潔いじゃないか。かっこつけすぎじゃないのかい」

「そうじゃない。でもね」

美神に愛される資格を有するものは、ほんの一握りにすぎない。杉本深苗はその有資格者であったし、自分はそうではなかった。そのことを思い知らされただけだというと、硝子の口から「わかる気もするが」と、不満げな言葉が漏《も》れた。

「だからわたしは、ずっと彼女のことを忘れた振りをしていたかった。そんなことできっこないことは十分に承知の上で、でもやはり彼女を避けていたかった」

「そうさせてはくれない輩《やから》が、現れたわけだ」

同時に出された二つのグラスを取り上げ、二人してほぼ一気に飲み干した。

「たまにはいいだろう。宇佐見陶子の過去につきあうのも」

そういって硝子は、煙草を灰皿に押しつけ、ねじ伏せるように吸い殻《がら》に変えて立ち上がった。

二

ゴーキーの作品は火を呼ぶ。

そんな伝説がある。一九四六年、コネティカットの彼のアトリエが火災に見舞われ、重要な作品の大半が焼失した事実。そしてそのときから彼の身に雪崩《なだれ》を打つがごとき悲劇が襲いかかったことに起因するのかもしれない。日本でも某デパートでアーシル・ゴーキー展が開催された直後に火災が起き、死者まで出している。

ちょうどそのころだった。杉本深苗が極度のスランプに陥ってしまったのは。しきりとゴーキーの名を口にするようになり、そのフォルムを取り入れようとカンバスに立ち向かうのだが、彼女の絵筆はただ一本の線さえも残すことができなくなっていた。わずか三十センチあまりの線を引くのに二時間以上もかけ、おまけに絵の具が乾かぬうちにすぐに別の色で塗り込めてしまう。塗り込めた部分に生まれた面がそれなりの効果を生みだしているというのに、さらに厚塗りを重ねて、自らの軌跡《きせき》をすべて消し去ってしまう。それは賽《さい》の河原《かわら》で石積みをする子供に似た永遠に終了することのない作業、あるいは最初から出口のない迷路を彷徨《さまよ》う姿にも見えて、そばにいるものを慄《りつ》然《ぜん》とさせた。

とにかく、完成させてみればいいじゃない。反省はそのあとに生まれるのだから。

陶子の言葉に、深苗はただ薄く笑うのみだった。

習作は画学生にとっての準備体操だよ。ゴーキーが好きならば、そっくり模倣《もほう》してみればよい。幾枚も幾枚も模倣するうちに、そのタッチが自分の絵筆に宿るようになる。そこからオリジナルの制作が始まるんじゃないの。

――言い募《つの》るわたしに、深苗は答えたっけ。

ゴーキーを取り入れるには、ゴーキーの画面を見てはだめだと思う。ゴーキーがその目で見た光景、彼の目が抽象化する以前の風景を見なければ。

思い詰めたその目の奥に凝《こご》る光に返す言葉を、陶子は持たなかった。

――だからこそ、わたしは。

運転する車が、磯子《いそご》区に入った。

市街地を抜けて住宅街に入ると、土地勘はほとんど皆無となる。あとはカーナビゲーション・システムに従って車を進めた。目指す沼倫太郎の自宅はすぐに見つかった。インタフォン越しに名前を告げると、すぐに和装の沼本人が現れて、陶子を招き入れてくれた。

「ご無沙汰しています」

「久しぶり……といいたいところだが、実はあのころの学生のことはよく覚えていないんだよ。昨日君から電話をもらって、あわてて卒業生名簿を探したほどだ」

「先生もお忙しくおなりですから」

「そうでもないさ」

当時、東都芸術大学の講師に過ぎなかった沼だが、それからまもなく渡欧。五年の遊学ののちに帰国して、様々なコンクールに入選を果たし、今では洋画壇の中核とも呼ばれている。

「居間で話をしてもいいんだが……どうせならアトリエでも見るかい」

頭髪の半分は白くなっているし、目尻にはくっきりとしわが刻《きざ》まれている。互いの身を過ぎていった二十年近くの年月は隠しようもないが、それでも沼の口調は快活で、かつての日々を記憶に甦《よみがえ》らせるのに十分すぎるほどだった。

洋造りの離屋に案内され、ドアを開けた瞬間、テレビン油と絵の具の入り交じった強烈な匂いが鼻腔《びくう》に飛び込んできた。

――この匂い。あのころの匂いそのものだ。

校舎の隅々にまで染みこみ、そして陶子自身にも染みついていた匂いである。懐かしさと同時に、そこに郷愁以外のなにものも感じられなくなっている自分を、陶子は改めて確認した。この匂いをかいだ瞬間、爆発的に高まる創作意欲と興奮。そうしたものをいっさい感じられなくなっている自分はもう部外者でしかない、と。

「適当に空いているところに座ってくれたまえ」

「ありがとうございます」

思ったよりも整然としているアトリエ内の、デッキチェアに腰を下ろすと、沼が備え付けの小型冷蔵庫から缶ビールを取り出して、陶子に放って寄越した。

「一晩かけて思い出したんだよ。君も相当いける口だったろう」

「先生や、杉本さんほどではありませんが」

「あのころはよく飲んだ。絵を教えている時間より、一緒に飲んだ時間の方が長かったのじゃないかね」

缶を開けることなく近くの小机に置き、「ところで」と、本題に入ろうとした。

「うん、この小冊子の一件だね」

どこからか例の復刻版追悼画集を取り出し、沼が近くのソファーに放り投げた。

「やはり、先生のところにも！」

「電話では言いそびれていたのだが、十日ほどまえに届いたよ。正直いって面食らった」

「いったい、誰がこんなものを」

「そしてなんの目的で、作ったのだろうねえ」

沼を訪問するまえに、調べておいたことがいくつかある。卒業生名簿を使い、他の卒業生の元に、この冊子が送られているかどうか、確認したのである。まったく消息が知れない人間が八名ほどいたが、残りはすべて「確かに受け取った」と返事を寄越している。

「今になって、こんなものを送りつけてくるなんて」

「先生にも心当たりはありませんか」

「まったくない」といいながら、沼は二本目の缶ビールのプルタブに手を掛けようとした。その手がふと止まり、缶を置いて、冊子を取り上げた。

「良い紙を使っているな。印刷の具合も悪くない。色だってよく出ているし」

「わたしも同じことを思いました」

自費出版は、陶子たちが追悼画集を制作した当時に比べて遥《はる》かに技術の向上が見られるし、また反比例して制作費は安価になっていると聞く。

「宇佐見君、君はまだ当時の元本をもっているかい」

「もちろん」

ならば、といいながら、沼が壁の本棚から冊子を取り出した。表紙が黄色く変色している。

「あの当時は皆、金がなかった。それでも無理して四色製版を押し切ったものだから、紙質は良くないし、インクも最低ランク。だからこんな有様《ありさま》になってしまった」

元本である追悼画集を開くと、紙全体の変色は内部にまで及び、掲載された絵の一部がかすれ始めていた。沼の保存が悪いわけではない。陶子の手元にある元本も、状態にたいして変わりはなかった。

「あの当時で、費用はいくらかかったっけ」

「そうですねえ、先生から二十万円ほど出していただいて……我々がかき集めたのが五十万ほどでしたか」

それでも印刷所の出した見積もり額には及ばず、苦肉の策として絵以外の原稿をすべてワープロ打ちにして、それを直接版下にすることで制作費を切りつめた。

「七十万か。この復刻版にはいくらくらい費用がかかったのだろうね」

「専門知識を持っている人間がいます。調べてもらいましょう」

だが、沼は掌を横に振って「よしなさい」と、いった。

どうでもいいことじゃないか。誰が作ったにせよ、杉本君の思い出が色褪《あ》せるわけじゃない。それどころか、こうして復刻版ができたおかげで、わたしはまた、彼女の絵に接することができた。それだけでも嬉しいよ。どうだね、この構図の斬新なこと。彼女はやはり才能に恵まれていたんだねえ。けれどその芽は、大きく育つにはあまりにも繊細すぎたのだろうか。

当時四十歳になるかならないかであったから、現在の沼は六十前後ということになる。老いを嘆《なげ》く年ではあるはずもないが、その口調が急に弱々しいものになった気がした。

その夜、横尾硝子から電話連絡が入った。

面白いことがわかったよ。すぐに出てこられないかい、いつものバーに。

念のために追悼画集の元本を持ってゆくと、バーのスツールに硝子と、見たことのない男が並んで座って談笑していた。男の年は三十歳前後か。目も鼻も唇も、十分すぎるほど端整な造りなのに、配置が良くない。どこかバランスが崩れているようで、逆にそれが愛嬌となっている。陶子に気づいた硝子が立ち上がり、男を指さして、

「曾根崎君。曾根崎映一君だよ。こっちは悪友の宇佐見陶子」

大手印刷会社の技術部スタッフにして、自称ミュージシャン。ときには自ら絵筆を取ってイラストも手がけるという才人。

よくわからない紹介だが、よろしくといって手を差し出す曾根崎の笑顔は、悪い印象ではなかった。

「すみません。ご迷惑をおかけしたみたいで」

「とんでもない。硝子さんの頼みならば、どんなことでも」

その一言で、二人の関係がうっすらとわかった気がした。だが今夜はそのことに触れる時間はない。手早く本題に移ると、「結論をいうと」と、真顔で曾根崎がいった。

「この復刻版は、コンピュータ処理が行われていなかった?」

「はい、その通りです。お借りした冊子の一部をスキャナーでコンピュータに取り入れ、拡大してみたんです。それがこの画像です」

曾根崎が取り出したのは、比較的画面の明るい小品の一部を拡大したものだった。印刷物が点の集合体であることがよくわかる。赤、青、黄、黒という四色の点が、絡み合い、補いあって一つの色を構成している。

「コンピュータによる再生処理も、こうして画面を拡大し、線を補ったり、消したりするのです」

「なるほど、拡大したもので処理し、それを再び縮小すれば」

「再生処理の痕跡がわかりにくくなります。逆にいえば、この冊子の中の絵がコンピュータ処理されたものであれば、こうして拡大することでその痕跡を見つけやすくなるわけです」

処理は通常、マウスによる手作業で行われる。マウスの動きは三百六十度の自由度を持っているとはいえ、そこはやはり絵筆を操るようにはいかないという。

「具体的にいうと、コンマ数ミリ単位で、直線の処理跡が残ってしまうのです」

「で、この本の画像にはそれがない、と」

「もちろん、天才的な技術を有する人物が処理を行えば、別ですが」

「そうね、それはまず不可能。ただ一点の絵ならばいざ知らず、この画集には三十点あまりの絵が掲載されている。そのすべてに完璧な画像処理をくわえるなんて」

「考えただけで気が遠くなりそうな作業です。ぼくはごめんですね」

硝子を見ると、その悪戯《いたずら》っ子めいた目が「どうだい、やるだろ」と問わず語りしている。そして「隠し球はこれだけじゃないよ」とも。

「結論は出たのかい」

「ありがとう硝子さん。これで復刻版の追悼画集が、現物を撮影したポジフィルムで制作されたことがはっきりしたわ」

「ポジフィルムねえ。よくそんなものが残っていたものだ。だって杉本深苗の作品は、みんな灰になってしまったって、いったよね」

「それは……彼女だけが特別じゃないの。わたしたちには、仕上がった作品をポジフィルムに残しておく習慣があったから」

学生の中には、在学中に個展を開きたいと願うものが少なくなかった。とはいえ、銀座の画廊を借りるほどの資金などあろうはずがないから、パブリックスペースを探すことになる。作品を撮影したポジフィルムは、スペースを提供してくれそうな相手のところに送るサンプルとして使われた。

「なるほど、それで納得。撮影したのは学生？」

「もちろん。構図の作り方を学ぶために、カメラは必需品だったわ」

陶子自身も一眼レフカメラを一台持っていたし、撮影は自ら行った。

「当然、フィルムは35ミリだよね」

うなずくと、「そこが面白いんだ」と、硝子が復刻版のページを開いて見せた。

「なにかわかったの？」

「フフ、こいつは……驚くよ。よく見てごらん」

開いたページには二点の作品が掲載されている。左右に黒い余白があるのは撮影時に黒い布をバックに敷いているからだ。35ミリフィルムの上下左右の比率と、カンバスの比率がちょうど合えば問題はないが、そのようなことは滅多《めった》にない。画面をぎりぎり使うと作品の一部をカットしなければならない。それでは意味がないから、上下左右のどこかに黒い余白が生まれるのである。

この作品もそう、この作品もさ。ほら、こいつだって35ミリだ。

硝子は次々と作品を指さし、そのいずれもが35ミリフィルムで撮影されたことを指摘していった。

「ところがね」と、硝子がめくったページには、例の《夜の点と線》がある。

「この絵がどうしたの」

「絵そのものじゃないよ。問題はフィルムサイズなんだ。絵と周囲の余白部分を含めた縦横の比率が問題なんだ」

そういわれて、陶子は元本を取り出した。同じページを開いてみて、ようやく硝子の言葉の意味を理解した。

三

『宇佐見陶子様。

お元気ですか。静養のため熱海にやってきてもう一週間になります。毎日が検査、検査ですっかり腐っています。飲み薬の多さにもヘイコウしているところです。

わたしにはまだ、ゴーキーが見えません。

消灯後、海辺に面した病室から、毎晩夜の海を見ています。なにかが見えるようでなにも見えない、けれどそこに確実にある海や砂浜をじっと見ています。ここは、観光地からはかなり離れていて、それがナカナカ静かでよいようです。

見えるかな、見えないかな。見えないなら、こんな腐れ目、なくなっちまえって。

とにかく、焦らずにノンビリ、とね。また葉書《はがき》、書きます。

できれば、返事ください。

杉本深苗』

追悼画集の元本に、栞《しおり》代わりに挟んでおいた葉書を、陶子はじっと見つめた。すっかり黄ばみ、退色した画集同様に葉書にも、二十年近くの年月がしっかりと刻み込まれている。

手にしたロックグラスの中で、乾いた音がした。

窓の外には夜景が広がっている。すでに大半を電飾の光に侵され、存在価値を失いかけている夜の闇。

「これはゴーキーではあり得ない」

つぶやいたところへ、携帯電話の着信音が鳴り響いた。

はい、宇佐見、いや冬狐堂です。ああ、頼んでおいた一件、わかりましたか。どうもすみません、お手数をおかけして。そちらのルートで、杉本深苗なる無名の画家が注目を集めているという事実はない。そもそも、そんな画家がいることさえ知らない？　確かに、おっしゃる通りです。二十年近く前、まだ世に出ぬうちに事故でなくなった画家ですからね。では、たとえ彼女の作品が市場に出たとしても、そこに高値がつくことはあり得ないのですね。わかりました。本当にお世話様でした。もしもこの一件が大きく化けそうなら、そのときは誰よりも早く声を掛けてくれと。もちろんそのつもりです。

電話を掛けてきたのは、知り合いの画商だった。

カタログ詐欺という手法がある。古美術・骨董《こっとう》の世界ではさして珍しくもない、今では古典ともいわれる方法だ。

美麗に作られたカタログに弱いのは、日本人ばかりではない。それらしいカタログに紹介された作品は無条件に信用してしまうというのは、素人《しろうと》共通の弱点といって良い。これが全くの贋作《がんさく》をカタログに掲載していれば立派な詐欺罪だが、この世界のやり口はもっと巧妙を極める。たとえば『夢二真筆色紙』として写真を掲載し、そこに百万円の値を付けたとしよう。夢二の作品であることは間違いない。問題はその値段だ。竹久夢二は大正ロマンを代表する画家ではあるが、同時に量産の人でもあった。

ことに色紙などにごく簡単に描かれた絵は無数にあり、よほどの上物かいわく付きのものでなければ百万の値が付くことなど、まずあり得ない。だが人は《カタログ》《竹久夢二》という二つの要素に幻惑され、いとも簡単に「これ、今なら現金限りで七十万でお譲りします」という言葉に引っかかってしまうのである。

この方程式を画集に当てはめてみる。

ここでは贋作が登場することになる。

さる有名画家の贋作を捌《さば》くのに、画集は最も大きな効果を発揮しうる道具といって良いだろう。画集に掲載されている作品に疑いを持つことは、ほとんどないからだ。まだまだ写真が高価だった時代、わざわざ贋作の写真を貼り付けた画集を持ち歩き、ヨーロッパ各国の美術館に、贋作を売り歩いた詐欺師もいたという。その場合、三十点の美術品の写真が貼り付けてあったとしても、贋作はせいぜい二点か三点。正真《しょうしん》物の中に紛れ込ませるのが重要なテクニックだった。

今でも同様に画集を使った詐欺まがいの事件は跡を絶たない。こうした場合の画集は版元も印刷所もでたらめであることが多く、にもかかわらず装幀だけがひどく立派であるという特徴を持っている。

「けれど」と口にして、陶子は新たなバーボンをグラスに注いだ。

杉本深苗はさる有名画家ではあり得ない。

先ほどの電話で、画商ははっきりと断言している。仮に火事ですべて灰になったはずの彼女の絵が実は何点か現存していたという触れこみで、市場に出回ったとしても高値がつくことはあり得ないと。

池尻大橋のバーで、曾根崎はこういった。

これほどの良い紙質で、しかもこの印刷であれば、少なく見積もっても二百万円の制作費がかかるのではないか、と。

「二百も使って画集をでっち上げたとなると、最低でも六百の売り上げがないと割に合わないことになる」

その一点が、陶子を悩ませていた。

胸の奥深いところで、ならば悩む必要はないという声を聞いた気がした。かつての友人が、たとえ彼女が今は鬼籍に入っているにせよ、贋作事件に巻き込まれることには我慢がならない。けれどどう考えても、杉本深苗の作品の贋作を作る理由は見つからない。ならば放っておくべきではないか。

口に含んだバーボンが、ひどく苦く感じられた。

——あるいは灰の味……かな。

もう一度、陶子は杉本深苗から送られた葉書を手に取ってみた。

「やはり、わたしはこの一件を放り出すわけにはゆかない」

その理由が、葉書にある。

そして彼女の描いた《夜の点と線》にある。


沼倫太郎から食事の誘いがあったのは一週間後のことだった。

横浜駅前にあるホテルのフレンチレストランでコース料理を食べ、そのまま最上階のバーラウンジへと場所を移した。あらかじめ予約してあったのだろう。夜景のよく見える席に案内された。

「宇佐見君はまだ、例の画集にこだわっているのかい」

食事の最中にも沼は同じ言葉を口にした。「まあ」と、陶子もまた同じように言葉を濁《にご》した。

「もういいじゃないか。誰が復刻版を制作したにせよ」

「確かに、それで別の誰かが窮地に陥るわけでもありません」

注文を取りにきたバーマンに、「ウォッカマティーニを、ロックスタイルで」と告げると、沼が意外そうに目を見開いた。

「女だてらに、強すぎますか」

「そんなことはないが……ああ、そうだね。あれから二十年近くも経つんだ。人はいろいろに変わる」

「タフでなければ、生きていけない世界ですから」

「そういえば、君は今、ずいぶんと面白い職業に就いているそうだね」

古美術、骨董業というのも大変だろう。特にバブル経済が弾《はじ》けてからは、美術品もずいぶんと値下がりしたと聞くが。しかも、店舗を構えないバイヤーでは、なおさらじゃないのかね。

沼の表情はどこまでも柔和であったし、その口調は快活そのものだった。逆に陶子は次第に自分の口元がこわばるのを感じていた。喉《のど》の渇きをいやすために、運ばれてきたグラスの中身を半分ほどあけた。

「凄《すご》い飲みっぷりだね。ああ、そういえば杉本君も酒が強かったな」

「わたしは、彼女が酔った姿を一度も見たことがありませんでした」

「男子学生の間では、誰が彼女を酔いつぶすことができるかを、賭けの対象にしていたようだ」

「ずいぶんと、昔のことをよく覚えていらっしゃるんですね」

久しぶりに訪ねたわたしに、昔の学生のことはよく覚えていないとおっしゃったくせに、というと、沼の目元に微《かす》かに狼狽《ろうばい》の色が滲《にじ》んだ。

「あれから、いろいろ思い出してみたんだよ。やはり懐かしいものだ」

二杯ずつカクテルをあけたところで、不意に沼が真顔になった。自分は君が例の復刻版の追悼画集にこだわることには、あくまでも反対なのだが、と言い置いてから、

「竹島祐二のことは覚えているかね」

沼はいった。

竹島祐二は、卒業後の行方《ゆくえ》がしれない人物の一人である。名前にようやく聞き覚えがある程度で、当時彼がどのような作品を描いていたか、あるいはどのような人柄であったかについては、まったく記憶がない。そういうと、

「彼もまた、杉本君に夢中になっていた一人だったよ」

「そうなんですか」

「情熱を内側に秘めるタイプとでもいうのかな」

そういえば聞こえはいいが、杉本深苗への思慕を募らせるあまり、今でいうところのストーカーになりかねない男であったと、沼は続けた。

「そのことも、思い出されたわけですか。わたしが先生のお宅を訪問してから」

「君にはもうわかっているはずだよ。あの復刻版は、元本から起こしたものじゃない。あの画質の良さは、ポジフィルムから製版したものに相違ない」

「印刷関係者に問い合わせてみました。すると同じ答えが返ってきました」

「大学にいたころ……学生の撮影したポジフィルムを一枚ずつ提出させ、管理していたのはわたしだった」

「合同で卒業画集を作るという目的がありましたから」

だが、管理とはいっても決して厳密なものではなかった。講師室のデスクにポジ袋に入れたまま保管していただけであったし、ろくに鍵《かぎ》も掛けてはいなかった。要するに侵入してポジを持ち出し、専門の現像所でデュープ——複製——を、作ることは誰にでも可能だった。

「あれは杉本君が不幸に見舞われた直後だったかな。彼から申し出があったんだ。彼女の作品を撮影したポジフィルムを貸してほしいと」

「貸さなかったのですか」

「うん。わたしも若かった。彼の物言いがあまりに無礼に思えてね。それに杉本君の追悼画集を制作するという話が、すでに持ち上がっていただろう。デュープを作るときに、万が一のことがあっても困ると思ったのさ」

沼の話によれば、竹島の申し入れはかなり強引であったという。

自分と杉本深苗は互いを理解し合い、そして将来までも誓《ちか》い合った仲だった。彼女の死を未だ受け入れることなどできないが、だからこそ、彼女が残した作品を手元に置いておきたいのだ。そういって竹島は杉本深苗のポジフィルムを渡してくれるよう、沼に詰め寄ったという。

「当初は、追悼画集を制作するにしても、自分の許可を得るべきだ、とまでいうのでねえ」

「先生は、竹島君の申し入れをきっぱりと断ったのですね」

「それが良くなかったのかな。たぶん彼は、わたしが講義で講師室をはなれるのを見計らい、密かにフィルムを持ち出したのではないだろうか」

専門の現像所に持ち込めば、デュープは二時間ほどで作ることができる。緊急要請があれば、もっと早く仕上がるかもしれない。

「でもどうして今頃になって」

「追悼画集の復刻版など作ったのか。そしてわたしたちの元にそれを送りつけたのか」

「わたしにはその理由が、理解できません」

「理解する必要などないさ。人にはそれぞれ人生がある。価値観がある。変転する人生の中で、突然生まれる価値観もあるだろう」

「二十年近くの時を経て、再び杉本深苗の作品を世に問う必然性が生まれたと？」

「わからないね。わたしが今、話したのはあくまでも可能性の問題にすぎない」

陶子は、バーマンに三杯目のカクテルを注文した。

マラッカ・ジンを二に対してリップ・ヴァン・ウィンクルを一。フランク・シナトラをお願いします。

横尾硝子が、きつい仕事を終えたときに好んで飲むカクテルである。まったく遊びのない、スピリッツ同士を混合して作るカクテルである。

「また、強そうなカクテルだね」

「二杯が限界ですね。それ以上飲むと記憶を失います」

「失いたいのかい」

陶子は首を横に振った。バッグから煙草の箱を取り出し、二十年ぶり、二本目の煙草に火をつけた。

「先生のお話はよくわかりました」

「やはり君も、竹島君が」

また首を横に振る。

「はっきりしたことが一つあります、それは」

復刻版を作ったのが、沼先生であること。

そういっても沼は柔和な表情を崩すことはなかったし、口元に浮かべた笑みを消すこともなかった。

だが、

「杉本深苗の描いた《夜の点と線》の持ち主が、竹島君であることははっきりとわかりました」

陶子の言葉に、沼倫太郎ははっきりと表情を変えた。

四

先生、先日ご自宅を訪問した際に、わたしを試しましたね。おとぼけになる必要はありません。あのときから、実は引っかかりを覚えていたのですよ。現役の画家が、アトリエで第三者に缶ビールを放り投げるなんて。整然と片づけられてはいましたが、それでも床にはデッサン帳があったし、何枚かのカンバスが積み上げられていましたよね。そんなところに缶ビールを放り投げる画家はいません。取り落としてカンバスを傷つけたら大変なことになりますし、そのままプルタブを引いて、泡が吹きこぼれるおそれもあります。

あのときふと思ったんです。

先生はあらかじめ、わたしがどのような職業に就いているか、知っていたんじゃないか。その上で、わたしがどれほどのレベルの骨董業者なのか、見極めようとしたのではないか。仮にご自分の作品にダメージが生じるかもしれないとしても、それを確かめずにはいられなかったのではありませんか。

ご自分の手元に残るポジフィルムで復刻版の追悼画集を制作した先生は、ずっと待っていたはずです。わたしがご自宅を訪問するのを。他の卒業生にも復刻版を送っていますが、あれはすべてカモフラージュですね。先生の狙いはわたしただ一人だった。なぜならあの年の卒業生の中で、わたし一人が旗師《はたし》などという、特別な世界にいるのを、どこかで調べて知っていたから。ましてや杉本深苗とわたしは、先生のクラスの中ではたった二人の女子学生であったし、仲も良かった。この人間ならば、必ず餌《えさ》に食いつくと信じていたのではありませんか。生業《なりわい》も生業だけに、突然送りつけられた復刻版に疑問を抱き、その根っこを探らずにはいられないと。

確かに先生の思惑《おもわく》は的中しました。わたしは復刻版に秘められた謎に、迫らずにはいられなかった。かつてわたしに「この商売は誘蛾灯《ゆうがとう》に吸い寄せられ、そして自ら身を滅ぼす蛾に似ている」と教えてくれた人がいました。けれど先生が滅ぼそうとしたのはわたしではない。

たぶん……竹島祐二が所有している《夜の点と線》のオリジナルではありませんか。けれど先生にも誤算はあった。わたしの周囲に様々な専門家がいたことです。その一人が教えてくれました。復刻版に掲載された例の作品、これだけが違うサイズのフィルムで製版されている、と。他はすべて先生が所有する35ミリサイズのフィルムから色分解がなされ、四色の製版フィルムによって印刷されている。けれどあの作品だけが、縦横のサイズが違っていたんです。これは8×10サイズのフィルムから製版されていると教えてくれたのですよ。

なぜ、わざと大きなサイズのポジフィルムを使用したのか、理由は一つです。35ミリフィルムよりは、8×10サイズのフィルムの方が、より細部を正確に印刷することができるからです。この時点で、復刻版に掲載された《夜の点と線》が、オリジナルでないことは明らかです。だって、深苗が亡くなった時点で存在していたのは35ミリフィルムに撮影されたものしかなかったのですから。追悼画集を作るときには、わたしも編集作業に加わっていました。だからはっきりと覚えています。

あの絵が贋作、というよりは複製であるとすれば、それが可能なのは誰だ。残された35ミリのポジフィルムを使って復刻版を制作できるのは誰だ。解答へのベクトルは、沼先生に向かう以外にあり得ませんでした。

でも疑惑は残りました。

何故の復刻版なのか、何故の複製なのか。

焼失したはずの《夜の点と線》が実は現存していたことにして、贋作を売りさばくつもりか、とも考えました。けれど答えは、否です。今さら彼女の作品が市場で認められるとは思えません。

こうも考えました。

アーシル・ゴーキーの絵が火を呼ぶ伝説はあまりに有名です。そしてまた杉本深苗も火災によって、若い命を失っています。ゴーキーを尊敬してやまなかった彼女の絵が現存していることにして、新たな炎の伝説を作り上げようとしているのだろうか。誰かを火災で傷つけるか、あるいはその人物が所有するなにかを焼失したことにしたかったのか。これもまた答えは、否です。警察や消防関係者がそれほどオカルティズムに毒されているとは考えられないからです。彼らはあくまでも冷徹《れいてつ》な観察者です。

ゴーキーの名前さえ知らないかもしれません。

では、先生の意図はどこにあるのか。

そんなときにふと、カタログや画集を使った詐欺の手法に思い至ったんです。贋作を画集に掲載することで正真物に見せかける手法に。

まるで逆の意図があったとしたらどうなるか。

もしかしたら《夜の点と線》は、どこかにオリジナルが現存しているのではないか。それをよしとはしない人物がいたとしたら。しかもその人物の手元には、深苗の諸作品を撮影したポジフィルムが残されている上に、彼の手には複製画を制作しうる能力が備わっている。追悼画集のオリジナルは、当時の印刷技術と予算の関係もあって保存状態は最悪。紙そのものが変色しつつあるし、掲載された絵もまた退色が始まっている。

そして復刻版です。最高の紙質で、インクの質も上々となると、見る人はこれこそがオリジナルの画像であると信じ込むのではないか。

「恐ろしいことを考えましたね、先生」

特に激高《げっこう》するでもなく、可能な限り抑揚《よくよう》を付けずに話す陶子に、沼からの返事はなかった。

「まさか復刻版を使って、オリジナルを贋作にしてしまうなんて」

「……」

「複製は、ほんの少しだけオリジナルとは違う部分があるのでしょう。わずかな線の違い、あるいは色遣いですか」

いずれにせよ、オリジナルが世に出たところで、それが正真物であるという保証はどこにもない。追悼画集の元本がこれほど劣化《れっか》しているのでは、比較のしようがないからだ。むしろ復刻版に掲載された画像とのわずかな差異によって、こちらの方が複製品であると断定されるにちがいない。

「どうしてこんなことをしでかしたのですか」

陶子の問いに、やはり回答はない。

けれど先生の目論見《もくろみ》は、成功しませんでした。フィルムのサイズの違いは、致命的な欠点です。復刻版の欺瞞《ぎまん》は、それだけで証明することができるのですから。

詰めの言葉を口にした陶子と沼の間に、長い沈黙が居座った。

沼はカクテルグラスの中身を飲み干し、「君の言う通りだ、わたしの誤算だった」と、一言いって、ソファーの背もたれに深く身を沈めた。

半年前になるかな。突然竹島から電話連絡があった。会いたい、とね。彼は今新潟《にいがた》の商社に勤めているそうだ。卒業以来なんの音信もなかったからね、驚いたよ。それよりも驚いたのは……。彼、どうやら悪性の病にかかっているらしい。本人の話によれば、余命幾ばくもないという。

『僕の死後、先生の元で保管していただきたい絵があるんです。覚えていますか、杉本深苗のこと』

忘れるはずもない！　わたしがあの当時、深苗のことをどれほど思慕していたか。卒業を前にして彼女が亡くなったとき、どれほどの喪失感を覚えたか。まもなくわたしが大学をやめたのも、それが原因の一つだったほどだ。

『彼女の作品はすべて燃えてしまったことになっていますが、実は一点だけ、僕が預かっているんです。彼女がゴーキーの世界に開眼したあの《夜の点と線》ですよ。僕と彼女は、当時深く愛し合っていました。だから彼女は、絵を僕に預けてくれたんです』

宇佐見君、そのときのわたしの気持ちがわかるかい。

杉本深苗を理解している人間は、わたし以外にいてはならなかったんだ。そのことは今も昔も変わらない。ましてやわたし以外の人間が彼女の遺作を所有しているなんて、許されることではなかった。そう、許せなかったんだ。竹島なんぞに作品を預けた杉本君も。そして竹島も。なによりも、そうした背信行為によって残されたあの作品さえも、わたしは許せなくなっていた。

だから今回の計画を思いついたのだよ。

まさしく君の言う通りだ。わたしは復刻版にわたしの複製画を掲載することで、竹島の持っているオリジナルを複製にしようと考えたんだ。幸いなことに、当時の卒業生の中に旗師と呼ばれる職に就く君がいた。いつだったかそのことを偶然耳にしていたわたしは、即座に計画に君を組み込むことを思いついたんだ。

「先生はあまりに不用意でした」

「そうかね」

「わたしに、復刻版に関わるなといいながら、そこに掲載された深苗の作品を激賞する。さらに今夜は、わたしをわざわざ招いてポジフィルムの一件、そして竹島君の名前まで教えてくれました。これでは興味を持てといっているようなものではありませんか」

「それが、だめ押しだったか」

「はい。おかげで推論が確信に変わりました」

「老醜《ろうしゅう》だな、まさしく老醜でしかない。わたしはいったいなにをしようとしていたのだろうか」

「けれど、先生のしたことは犯罪ではありません」

「犯罪よりも悪じゃないか」

両の掌で顔をおおい、うめく沼にそれ以上掛ける言葉があるはずもなかった。

立ち上がろうとする陶子に、「一つだけ教えてくれないか」と沼がいった。

「いつから怪しいと思うようになった?」

「今となってはあと知恵に過ぎません。わたしは復刻版に掲載された《夜の点と線》を見たときに、気づくべきだった。これは複製であると」

「どういうことだろう。わたしは致命的な失敗を犯していたかね、ここでも」

沼には、両者の違いなど指摘できるはずがないという思いがあったはずだ。陶子がオリジナルを見たのは二十年近く前のことだ。復刻版に描かれた複製画との差違を指摘できるはずがないと。

「でも、気づくべきでした。先生の描いた複製画、あれはあなたが書いた追悼文そのものであることに」

「……?」

「先生、書かれていますね。『浜辺に燃える釣り人のランターンとおぼしき光は赤き点として存在する』と。だからこそ先生は、複製画に描かれた赤い点にわずかに白を混ぜたのです。あの白はランタンのガラス越しに見える炎を表しているのでしょう」

「それがどうしたのかね」

「あれ、ランタンの光じゃないんですよ」

「だとしても」

「あれ、たき火なんです。砂浜の四カ所で燃やした」

「断言できるのかね」

「だって、わたしが燃やしたんですから」

それだけいって、陶子はバーラウンジをあとにした。

帰りのタクシーの中で、陶子は恐ろしいほどの疲労感と眠気を覚えた。

目を瞑《つぶ》ると、それだけで意識が学生当時にジャンプする気がした。

——あの葉書を受け取った時……いや違うな。

杉本深苗がスランプに陥ったときから、すべては始まったのだと思い直した。

彼女の絵を見た瞬間に感じた絶望感と挫折は、その絵筆が止まった瞬間、陶子の中でどのような思いに変わっていったか。

杉本深苗を激励しながら、芽生えたのは暗い安堵《あんど》感だった。

美神・ミューズに愛される資格は、我が身に委譲《いじょう》されたのではないか。このまま深苗が描けなくなってしまえば、自分はまだまだ画業を続けることができる気がした。己の精神に漂う腐臭を気づかせてくれたのは、深苗から送られた葉書だった。そこから放射される無垢《むく》な思い、願いが逆に陶子自身の醜《みにく》さを際だたせ、そして激しい後悔と自責の念を生むこととなった。

覚えたのは吐き気だった。

己を責めさいなむ絶望感だった。

その瞬間、陶子は自らの画業を放棄《ほうき》する気になった。

――見せてあげる。ゴーキーの世界を見せてあげるからね。

思いは真剣であったが、それが可能か否か、自信などあるはずがない。けれど陶子は決心した。

病院の消灯時間を待って、陶子は病室から一望できる浜辺に出た。四カ所に井桁《いげた》に組んだ燃焼物を積み上げ、テレビン油をかけて火を放ったのである。

漆黒《しっこく》の闇に浮かぶ四つの炎が、深苗の想像力を刺激することを願った。闇にきらめくさざ波で線を想起し、炎が点にイメージされますように。独特の匂いを放ちながら焼けこげてゆく燃焼物を見ながら、陶子は深苗のことを思い、そして二十代のいっときを賭けたものへの決別を告げた。

燃焼物。

卒業に必要な一点をのぞいた、すべてのカンバスが燃えてゆく。未来の大作と信じて疑わなかった油絵の数々が、ただの灰になってゆく様を、陶子は見つめ続ける。

その炎の色が、タクシーの中で今しも眠りに就こうとする陶子の瞼《まぶた》の裏に、はっきりと甦った。

# 瑠璃の契り

一

ねえ、陶子《とうこ》。あんたとこうしてグラスを交わすようになって、もうどれくらいになるだろう。十年、いやもっとかな。結局は腐《くさ》れ縁《えん》という奴なんだろうねえ。

北向きのリビングの窓から吹き込んでくる夜風に、柔らかく揺れる髪の毛を掻《か》き上げ、そのついでにとでも言いたげな仕草で、グラスのルージュワインを、横尾硝子《よこおしょうこ》が飲み干した。粗雑《そざつ》に見えて、グラスの脚部に当てた指先にも、優雅といってよいほどの心遣いが滲《にじ》んでいる。そこがいいと、陶子は思った。

「さあ、いつだったかなあ。少なくとも、仕事を組んでしばらくは……お酒は飲まなかったような気がする」

「確かに。最初の頃はつっぱらかってたからね」

「わたしが？　嘘でしょう」

「訂正するわ。おたがいに、だね」

九州の小倉《こくら》から戻ったのが二日前。向こうの頒布会——競り市《せいち》——で仕入れてきた品物の撮影を硝子に頼み、自宅の簡易スタジオで作業を終えたのが一時間ばかり前だった。

「有田の平皿が二枚に蕎麦猪口《そばちょこ》が三つ。あとは古民具が六点ばかり……かあ」

商いとしてはどうなのと問う硝子に、

「わかっているくせに。交通費と諸経費で、いってコイかなあ」

「違うね、陶子。あんたの眼がそういってないよ」

「フフ、なにかを企《たくら》んでいるように見えるかな」

「見える、見える。藪《やぶ》に潜んで獲物を狙う、性悪狐《ぎつね》の目つきになっているもの」

ひどいことをいう、と笑ったが、否定の言葉を口にはしなかった。

——角打ち屋……か。

胸の裡《うち》でつぶやいたつもりが、微《かす》かに唇の動きとなってしまったらしい。

「角打ち？　なんだい、それは」

「ああ、なんといったらいいのかな。九州では割と一般的らしいけれど」

「その言葉が、かい」

「要するに、酒屋の裏手でお酒をひっかけることを、そういうらしい」

「なんだ、立ち飲みのことか」

「ちょっと違うんだなあ。カウンターもあるし、椅子も用意されているから」

その場所の状況を正確に伝えることは難しい。酒屋の裏手にしつらえた飲食コーナーといっても良いのだが、居酒屋ではない。酒代はほとんど原価だし、そこで供される肴《さかな》は乾きものか、缶詰と決まっている。店で購入した酒なり肴なりを持ち寄り、飲食するためのスペースである。

「なるほど」と、硝子が頷《うなず》いた。

酒屋でそうした場所があることは聞いたことがあるよ。確か日本橋にもあったはずだ。近くの銀行、証券会社の社員連中が集まって情報交換をしているそうだ。なんでも、世界経済を支える酒屋なんて異名もあるらしい。

「飲食店を開くには、それなりの資格と営業許可が必要でしょう」

「飲んべえが酒屋で買った酒なり肴なりを、勝手に楽しむなら飲食店には当たらないものねえ。それが、角打ち、か」

で、そこでなにがあったのかな、と硝子がいう。小娘と呼ばれる季節をずっと以前に通過した陶子にとって、その手の場所が立ち入り禁止区域であるはずもないが、それでも好んで足を向ける場所ではない。

「うん、ほんの偶然だったけれど……あのときは喉《のど》が渇いていたの、とても」

と、陶子は話を始めた。


競り市とは、ぎりぎりの神経戦が展開される場といっても過言ではない。

適正な評価を品物に与え、適正な価格で競り落とす。

そういってしまうのは容易《たやす》いが、一つの品物には最低でも二つの思惑《おもわく》が込められる。より高値で捌《さば》きたい売り手と、より安価で仕入れたい買い手。さらに買い手が複数に及べば、思惑はいっそう複雑に錯綜《さくそう》する。ときに思い切った力業で、とくに微妙な搦《から》め手で、それぞれの業者がふところをさぐり合い、落とし所を模索するのである。それでもすり減らした神経が数値あるいは品物という形で報われれば、いうことはない。けれども、目端《めはし》の利く利かないがすべてであるといわれつつも、そうではないベクトルに影響を受け、不本意な結果に終わることも少なくない世界である。

筋の良くない疲労感のみが、そこには残ることになる。

福岡県北九州市小倉北区。公民館を地元骨董《こっとう》業者の組合が借りる形で開かれた頒布会に参加した宇佐見陶子は、競りの半ばで会場をあとにした。競りに展開する磁場をどうしても自分のほうへコントロールすることができず、疲労感が澱《おり》のように蓄積したからである。

――まあ、こんなこともある。

仕入れた品物の梱包《こんぽう》と、発送の手続きを終えると、陶子は最寄りの駅へと歩きだした。

ひどく喉が渇いていた。

「特に、最後のワックス像は惜しかったな」

言葉にすると、よけいに喉の渇きを感じた。十六万円まで値を競り上げ、最後の詰めの甘さから隣の業者に競り落とされてしまった少女像のことを思うと、肉体的な喉の渇きと、欲望が転化された乾きの両方が、陶子を苛《さいな》んだ。落とし値は十七万八千円。うまく持ち込めば三十万円前後で捌《さば》くことができると踏んだが、最後の一歩で競り値を積み上げることができなかった。三十万円で捌けるというのは、ある意味で楽観論だ。貧乏神が完全に居座った感のあるこの日本で、ワックス――蠟《ろう》の一種――製の少女像にためらいなく三十枚の万札を用意できる人種は、さして多くはない。お宝ブームを謳歌《おうか》しているのは、マスコミの世界の住人であり、自らは骨董に手を出そうとしない人々の無責任な欲望に従って、百万単位、千万単位の幻想を画面からばらまいているにすぎない。店舗を持たない旗師《はたし》の陶子にとって、そのような品物に遭遇するのは一年に一度あるかないかで、日頃は品物一つを動かして数万円という利益を積み重ねることで、日々の糧《かて》を得ている。小倉を往復するための交通費、滞在費といったものを計算すれば、あの像にかけて良い金額は、十六万円が限度だった。

少なくとも、会場ではそう思った。

だが、ひとたび競り市の熱気から離れると、別の判断が生まれた。そうしたことも日常の茶飯事である。一人のマニアのことが思い出され、彼ならば三十万どころかもう少し上積みして、引き取ってもらえたのではないか。いやいや、彼の台所事情も良くないと耳にした。やはり三十でも無理だろう。後悔と諦めとが綯《な》い交ぜの泡沫となって、胸中の澱《よど》みに浮かんでは消える。すなわち、旗師の欲望が転化された乾き、である。

とりあえずは肉体の渇きを癒そうと、清涼飲料水の自販機を探したが、そうしたときに限って目的の機械は見つからない。仕方なしに、陶子は近くの酒屋に入った。ペットボトルの日本茶でも買い求めようと、冷蔵庫の前に立つと、店の奥が見通せた。倉庫の一角にカウンターがしつらえられている。薄暗いのは当然で、裸電球が一つ、点灯されているのみだ。男が二人、どう見てもまともな暮らしをしているようではない姿格好で、コップ酒を前に話をしている。

「あれは」と問うと、店の中年女性が、

「角打ちば、しとうとですよ」

昼間っからどげんしょうもなかでっしょう、と笑った。

「角打ち、ですか」

倉庫にしつらえられたカウンターで、酒を飲んでいる男たちのことを聞くふりをしたが、陶子の視線は別のものをとらえ、興味はそこに集中しつつあった。こうした言動は、ほとんど本能的なものといってよい。

人が見たら蛙になれ。今は名もなき銘物よ、お前の価値を見いだすものは私一人で、他にはいらない。そして銘物を眼にした旗師に許されるのは、沈黙と無関心のみでよい。

――切り子碗《わん》、だな。

カウンターの隅に、灰皿代わりに置かれたガラスの切り子碗。その見事な瑠璃色を目の奥に焼き付け、陶子は手にしたペットボトルをビールのロング缶に取り替えた。

「わたしも、あちらでいただいてよろしいですか」

「へえっ、奥さんが角打ちば、なさっとですかね」

「残念ですが、奥様ではありません。でも、少し面白そう」

「そりゃあ、まあよかとですが。紙コップ代が十円かかりますよ」

じゃあ、と代金を支払って、店の奥へと足を向けた。

瑠璃ガラスの切り子碗。

その言葉を聞いた硝子が、わずかに表情を変えた。女性としてはどちらかといえば濃いめの眉の片方が、顰《ひそ》められた。ただそれだけのことなのだが、その胸に広がったであろう波紋《はもん》を、陶子ははっきりと読みとることができた。

――この顔、どこかで……？

記憶の中の硝子が、一度だけ同じ表情を見せたことがある。それがいつのことであったか、思い出そうとする前に、

「見せてもらおうかな、そのお宝を」

いつになく硬い声で、硝子がいった。クローゼットルームを改造して作った収蔵庫から、陶子が袱紗《ふくさ》に包まれた切り子碗を取り出してくると、それに手を掛けようとせ

ずに、「さっきの撮影では、どうして出さなかったのかな」と、質問を寄越した。

仕入れた品物を撮影しておくのは、旗師にとって必要にして不可欠な営業活動でもある。自分の足で品物を持ち歩き、骨董商の店舗を回るには限界があるし、今ではインターネットのオークション市場も、大切な営業活動の場だからだ。

「まだ、どうやってこれを捌くか、ルートを決めかねているから」

「違うね、陶子。あんたはその切り子碗に惚《ほ》れ込んだんだ」

簡単には、手放す気になれないほど惚れ込んだ。だから撮影を必要としなかった、と硝子はぴしゃりという。それがあまりに的を射た言葉だけに、陶子は口をつぐむしかなかった。ガラス器の撮影は難しいから、専門のスタジオで、という言い訳がないではなかった。けれど陶子の心情は、まさしく硝子が指摘した通りだ。

骨董業者とは、美意識を金額という数値に置き換えることを生業《なりわい》とする人種のことだ。けれど、それだけではない。常に自転車操業を余儀なくされながら、時として純粋なる一人のコレクターに、立ち戻ることがままある人種でもある。美意識と商売人意識の狭間《はざま》で、常に苦しむ業を背負っているといって良い。

「あんたがそれほどまでに惚れ込む、切り子碗か」

そういって硝子が、袱紗をはらりとほどいた。

浅葱《あさぎ》色の袱紗を舞台に、瑠璃色の切り子碗一つ。

――小倉の酒屋で一目見たときもそうだったけれど。

切り子碗が、凛《りん》として立つ女性の姿に見えた。瑠璃色の着物をまとった女性である。

その美しさが、硝子に伝わらぬはずはない。大きく見開かれた両の眼が、それを顕著に示している。

「これ……」

硝子の言葉に、美を愛《め》で、歓喜する以上の感情が込められていることに、陶子は気づいた。そして信じられないものを見た。ほんの一粒。先ほどから顰められたままの眉の下に位置する場所から、液体がこぼれ落ちた。すぐに掌《てのひら》によって拭《ぬぐ》われてしまったが、横尾硝子の感情は、一滴分の涙を許したのである。

「硝子さん、どうかしたの」

「なんでもないよ、なんでもない。でも、確かに良い仕事が施してあるね」

「話によると、たまに角打ちにやってくる男が持ち込んだものらしい」

よほど金に窮していたのか角打ちの代金すら払えなくなり、その代わりにと持ち込んだという。カップ酒を二杯に、焼酎を三杯。鰯《いわし》の缶詰を肴にして、締めて千百円。

話をうまく運び、陶子は三千円で切り子碗を手に入れた。

「たった千百円……」

「作家名も不明だし、由緒来歴もわからないけれど」

「あんただったら、この碗にいくらの値を付ける」

「十二、三――万円――の価値はあると思う」

「そうか、あんたはそれほど評価するんだ」

切り子細工は、透明なガラスに色ガラスを重ね、色層の部分をヤスリやろくろで削り取ることで仕上げられる。そのため、削り目は直線的な幾何学模様が大半だが、この碗は違った。切り子の由来となった削り目が、柔らかに曲線を描いているのである。

「それだけじゃないんだな」

陶子は、碗の一部を指さした。

瑠璃色の面に描かれた曲線を縫《ぬ》うように、白い球体が一つ、二つ、三つと浮かび上がっている。朧《おぼろ》、としかいいようのない、今にも周囲に溶けだしそうな球体である。

「蛍《ほたる》だね」と、硝子の口から漏《も》れ出たのは、嘆息に近いつぶやきだった。

「しかも、これは切り子の技法じゃない」

グラヴィール……と、陶子はいった。

摺り模様ともいう。銅製の回転鑿《のみ》に金剛砂などの砂を油性液を含ませて付着させ、ガラスの面を摺り削って、複雑な絵模様を彫り込んでゆく技法である。

「切り子の技法が簡単だとはいわないけれど、グラヴィールの技法は、それを遥《はる》かにしのいでいるの」

「そうなんだ」

「ヨーロッパのガラス職人の間では、グラヴィール工が、最高の技工士と呼ばれているとも聞いているわ」

今ではエアコンプレッサーによるサンドブラストマシンを使えば、比較的容易にグラヴィールを描くことができるとされる。

「けれどそれは、あくまでもごく浅い彫りのみで、せいぜいガラス面の一部を磨りガラス状にするにすぎないの」

「この蛍の模様は、まさしく磨りガラスだよ。じゃあ、これはたいした技術じゃないんだ」

「そうじゃないことが、ここを見るとわかる」

陶子は切り子碗の底をかえして見せた。はっきりと立体感のある彫り方で、花模様が描かれている。細く枝分かれした花びらが、どこか鳥の翼を思わせる。

撫子《なでしこ》の花。

「この花模様は、サンドブラストマシンで彫ることはできないと思う。とすれば、ガラス面の蛍も、同様に手仕事で刻《きざ》まれたと考えるべきでしょう」

職人のわざとはそうしたものである。さらに、と陶子は続けた。

「撫子の季語は夏。つまりこの碗は、瑠璃色によって夜の風景を、切り子の削り目によって夏草を表し、飛び交う蛍と底の撫子の花をグラヴィールで描くことで、夏そのものを主張しているのね」

さしずめ銘をつけるとするなら《夏景色瑠璃切子碗》とでも、すべきであろうと陶子はいったが、硝子から賛同の言葉はなかった。

しばらく預からせてもらっていいだろうか。硝子の申し出を快諾《かいだく》したのは、いろいろと撮影方法を考えてみたいのだろうと理解したからだ。それでなくとも、ガラス器の撮影は、光の反射の加減を十分に考慮しなければならない。ましてや切り子は、その形状により、他のガラス器に比べて遥かに乱反射の比率が多い。ライトそのものの選択からして、難しいのではないか。

――そうだ。切り子の撮影は、光の加減が難しい。

横尾硝子というカメラマンのセンスに対して、絶対的な信頼感を抱く陶子だが、できあがりにふと違和感を覚えたことがある。ずいぶんと昔の話だ。

——あのときも。

撮影対象は切り子のグラスだった。

珍しく「ガラスは少し相性が悪いかもしれない」といいながら、横尾硝子が見せたのが、先ほどと同じ、あの片眉を顰めた表情であったことを陶子は思い出した。

二

『芸術潮流』誌編集部の坂本から、電話連絡があったのは火曜日の夜だった。以前、円空仏にまつわる事件に巻き込まれた折、同誌面を利用させてもらって以来のつきあいが、今も続いている。

冬狐堂《とうこどう》さん、カメラマンの横尾硝子さんの連絡先、わかりませんか。いや自宅にも撮影スタジオにも三日前から電話してるんですが、つかまらないんスよ。携帯電話は「現在電波の届かない場所にいるか云々」の繰り返しだし、いや、本当に困っているんです。ある陶芸作家の新作撮影なんですが、どうしても作者が硝子さんでなきゃって、ごねているんです。彼女、評判いいんですよお。本当によいカメラマンを紹介していただいたと感謝しております。で、感謝ついでにナントカ連絡を取っていただけませんか。あれでしょう、お二人はかなり親密な仲であらせられるし、秘密の連絡方法とか、お持ちなんじゃありませんか。

「いえ、あいにくと」と通話を切ってから、陶子は首を傾《かし》げた。

——三日前、というと。

硝子が、陶子の部屋から切り子碗を持ち帰ったのが四日前のことだ。翌日から横尾硝子は連絡が取れなくなっているという。あの器を借り受けたのが、撮影目的ではないという可能性について、考えてみた。

——もしかしたら、彼女は切り子の作者を知っていた?

ならば、どうしてそのことを陶子に告げなかったのか。

理由は一つしかない。

「誰にも、作者のことを教えたくなかったからだ」

そう言葉にすることで、陶子はこのことを考えるのをやめた。

プロという世界の厳しさを、陶子は知っている。それが旗師であろうがカメラマンであろうが、本質的な部分については、あまり変わりがない。仕事の依頼のあるなしはそのまま死活問題であるし、ことにフリーランスの仕事に就く者にとっては、常に外部との連絡が取れる状態にあることが、望ましいのはいうまでもない。

けれど、横尾硝子は敢《あ》えて連絡が取れない状況に自らをおいている。

「ならば、わたしがタッチすべきことではない」

自分ならばそうするだろう、そうしてほしいだろうという判断が、陶子に沈黙を義務づけた。自ら背負った困難は、その手で解決する以外にない。硝子ほどの精神力の持ち主ならば、それができぬはずがない。

「それに」と、陶子はつぶやいた。

なんらかの形で解決すれば、いつか酒の席ででも話してくれるだろう。「実はこんな経緯があってね」と、酒肴《しゅこう》がわりに語ってくれる時を待つべきだと、思った。

テーブルの上からビジネス手帳を取り上げ、今月の日程をチェックした。

来週の阿佐ヶ谷の競り市は、すでに参加登録をすませてある。先の九州で手に入れた古民具を捌くことにしている。

——六点で、せいぜい十五がいいところだろう。

鎌倉彫・根来塗《ねごろぬり》の火鉢が目玉となるだろうが、高く見積もって五万円。あとは二万円前後と見当をつけた。

今夜、いつものバーで会えるだろうか。

横尾硝子からのメッセージが留守番電話に残されていた。指定された時間に池尻大橋のバーに出向くと、硝子はすでにスツールに腰掛けており、ロックグラスを持ち上げて「久しぶり」と、いった。

「芸術潮流の坂本氏が、捜していたみたい」

「うん、そちらの方は連絡がついた」

大柄のバーマンに、ウィスキーソーダを注文すると、

「高校生みたいなドリンクを注文するんだ」

硝子に笑われた。が、それよりも、硝子の声からすっかり覇気が失われていることに、気がついた。

「そういう硝子さんは？」

「いつものバーボンロック。次は少しジンを足してもらおうか」

フランク・シナトラですねと、バーマンがいった。

「相変わらず、厳しいお酒を飲んでいるんだ」

「酒なくて、なんで浮き世がすごされようか」

「らしくないなあ」

「うん。全然……らしくないんだ。自分でもわかっている」

そういいながら、硝子の視線はグラスに向けられたままだ。

店内に流れるジャズの曲調が幾度か変わり、二人の前に置かれた酒の内容が同じ数だけ変わった頃になって、硝子が、

「あの切り子碗のことなんだけどね」

やはり陶子を見ずにいった。

あたしに譲ってくれないだろうか。陶子の言い値でいいよ、いや、あたしに値を付けさせてほしい。

「硝子さんが？　面白い。で、いくらの値を付けてくれるというの」

「三十……いや五十万円出す」

それでは高すぎる、とはいわなかった。

旗師は己の美意識を金額という数値に置き換える義務を負っているが、それが《価値》のすべてを指しているわけではない。人にはそれぞれ価値観があって良いのが、この世界の暗黙のルールだ。刀剣蒐集《しゅうしゅう》に意欲を燃やすコレクターが、百万円の値の付いた茶碗を理解することはほとんど不可能であろうし、逆もまた真なり、である。

横尾硝子にとって、例の切り子碗は五十万円の価値を有しているということだ。それは陶子が十二、三万と値を付けたにもかかわらず、その三倍以上の価値を認めた。陶

とりもなおさず、

「あの切り子碗は、他の誰にも渡したくはない。あたし以外の所有者を認めない」

と、硝子が宣言したことに他ならない。理由を問う必要はない。

契約成立を祝して、と硝子がハーフサイズのシャンパンを注文した。

「いや、わたしは遠慮しておくわ」

「どうして」

「苦い酒は、飲まない主義なの。悪酔いしそうで」

「苦い酒かな。じゃあ、あたし一人で空けることにするわ」

あまり飲み過ぎないようにと、いわずもがなの言葉を残して、陶子はバーを出た。

そのまま三軒茶屋まで歩いて、訪れたのはなじみのビア・バーである。

L字のカウンターに女性の先客が二人、話をしている。

「お久しぶりです」という店の主人に、飲み物と肴を注文した。

硝子のことを考えた。彼女は五十万円を対価に手に入れた切り子碗と、これからどのような気持ちで向き合うのだろうか。人と物との出会いが、常に幸福であるはずがないことを、陶子は知っている。悲劇と喜劇が常に隣り合わせになっているのが、この世界である。けれど、器を前にして涙する姿は、あまりに横尾硝子らしくない。

「あるいは、わたしは彼女に切り子碗を譲るべきではなかったか」

たとえ、五十枚以上の札を並べられたとしても、である。

グラスの中身を半分ほど空けたところで、女性客の会話が耳に届いた。騒がしい客は喜ばれない店だが、どうやらよほど面白い話題に変わったらしい。

「なーんでこんなモノ、送りつけたんだかねえ」

「なによ、それ。ガラスの箸？」

「箸ってことはないでしょう。一本きりだし」

「きれいは、きれいよね。この模様なんてすてき」

店の主人が、「たぶんガラスのペンでしょう」と、声をかけた。

切り子の模様が刻み込まれていますね。インク瓶にペン先をつけると、切り子の溝にインクが溜まるようにできているのでしょう。あるいはそれで手紙を書いてほしいという意味でしょうか。ええ、もちろん、古い言葉で言うところの恋文を。

「恋文だって。まったく、なーに考えているんだか」

「ださいよね。プレゼントとしちゃあ」

どうせなら、ブランドバッグかアクセサリーにすればいいのにと、笑う女性客の声が、奇妙に耳についた。切り子、という言葉に反応したのかもしれなかった。気持ちがどうしようもなく、ささくれ立つのを感じた。

店を切り上げるための勘定を済ませ、女性客の背後に立つなり、

「残念だけれどそれ、ガラスペンじゃないみたい。切り子のかんざしですよ、しかも相当に高名な職人の手作りでしょう」

ついでに、と市場価格を告げると、二人の女性客がひっと息を呑んだ。彼女たちが先ほどから名前をあげているブランドの商品とは、桁がひとつ違う。

もしかしたらプレゼントの主は、こんなメッセージを込めたかもしれない。どうか花嫁衣装をまとったときには、これをさしてください、と。無論、その横に座る花婿が誰であるかは、いうまでもない。

そう思ったが、女性客には告げずに、陶子は店を出た。

――メッセージ……か。

あるいは、硝子は切り子碗からなにかしらメッセージを受け取ったのだろうか。

夜になって一段と冷え込む街を、陶子は歩き続けた。

三

店舗を持たず、競り市から競り市、店から店を渡り歩く旗師の日常は、よけいな感情の移入を許すほど閑《ひま》ではない。泳ぐことをやめたらたちまち窒息してしまう、鮪《まぐろ》のようなものだと語る同業者を知っているが、それがジョークでもなんでもない世界である。

阿佐ヶ谷の市で競り落とした時代裂《じだいぎれ》を、どう捌くかが陶子の当面の課題だった。落とし値は六十五万円。近年、時代裂の人気は高い。ことに陶子が手に入れたのは大正時代の結城紬《ゆうきつむぎ》で、着物としての保存状態もほぼ完全品。最低でも八十万円で捌けるとあたりをつけて競り落としたが、思惑通りの買い手がなかなか現れない。

――初手を誤ったかな。

最初に持ち込んだのは、市ヶ谷で戦前から古着屋を営む《籐散居《とうざんきょ》》だった。

うん、これはまた良い買い物をされましたね。さすがは冬狐堂さんだ。虫食いもないし、色の落ち具合が上品だ。このまま使ってもいいし、仕立て直しにも、ああ、柄の面白いところのみをとって小物に加工してもいいでしょう。

籐散居の主人が褒めそやすのを聞いて、陶子の胸に一抹の不安が芽生えた。こうした言葉をまともに受け止めるほど、うぶではない。はたして、

「けれど、値がねえ」

薄笑いを浮かべる主人が付けた値は、陶子の落とし値とほぼ同額だった。無論、それで引き取ってもらっても陶子にはなんの利益もない。損を覚悟のつきあいもこの世界では間々あることだが、あくまでもそれは次の利益を期待してのことだ。時代裂は、人気の商品だけあって、これほどの完全品が市場に出回る機会はあまりない。すなわち、籐散居とのつきあいは、これ以上深くなることは少ないということでもある。交渉は決裂したが、こうした情報が市場を駆け回る速度は、驚くほど速い。古株の古着屋が指した値は同業者の間に知れ渡り、それ以上の値がつけづらくなった。

そんなときだった。大分県の業者から電話で、引き取りたいとの連絡を受けた。インターネットに流した情報を見たという。陶子が付けた値よりも、少しは上乗せしてもいいと、業者はいった。

「ただし」と、言葉が続いた。

冬狐堂さんの噂《うわさ》は耳にしています。ええ、十分に信用していますが、当方としても安い買い物ではない。ついては現物を見てから、商談を決めたいのですが。ああ、そ

れから他にも二、三引き取りたい品物があります。それも含めて、現物をお持ち願えませんか。

送ってくれ、といわないことで、陶子はこの業者を半ば信用した。初めての取引相手に、商品のみの輸送を持ちかける業者を信用できるはずがない。取り込み詐欺をしますよと、告げているようなものだ。素早く頭の中で算盤《そろばん》をはじき、商売になることを計算したうえで、申し入れを受けることにした。

翌週、福岡空港を経由して大分へと、陶子は向かった。

商談は少々気が抜けるほど簡単に成立した。時代裂を含めて、売却価格は百万を少し切ったが、交通費その他を差し引いても、陶子に損はない。

「最近はインターネットのおかげで、我々も情報が集めやすくなりました」

「売り手にとっても、買い手にとっても、ですね」

交渉その他を通じて受けた店主の印象は、決して悪いものではなかった。店舗は駅からタクシーで十五分のところにあって、立地条件が良いとは言い難い。それでも固定客がついているから、なんとかやってゆけますと、人が好さそうに店主は笑った。この地に店を開いて二十年になるという。なおかつ固定客がついているということは、それだけ正直な商売を続けているという、なによりの証《あかし》である。

　時代裂も、インターネット上の情報を顧客に流したところ、是が非でも手に入れてほしいと注文があったそうだ。

「なんでも、柄がいたく気に入ったとか」

「ありがたいことです、助かりました」

「助かったのはこちらですよ。時代裂も良品だが、他の品物もなかなかの筋です。いい商売をさせていただきました」

　こうした気持ちの良い取引を終えたあとは、ご祝儀商売というわけではないが、程良い値のものを一つ、二つ買い取ってゆくのがいちおうの礼儀とされる。めぼしいものを探す陶子の目に、棚の奥に隠れた切り子碗が映った。

　胸のあたりに、しんっと引き締まる感覚を覚えた。

「あの、これは」

「ああ、切り子碗ですか。なかなかのモノですよ、それは」

　いわれずとも、陶子にはわかる。瑠璃色の切り子碗は、小倉の酒屋で手に入れた切り子碗と、まったく同じ品物だった。色といい、柄といい、そこに彫り込まれた撫子のグラヴィールまでそっくり同じである。

「いちおう八万の値は付けておりますが、冬狐堂さんにお買い求めいただけるなら、勉強させてもらいます」

二割の値引きを口にした主人に、陶子は即応じた。

「ところで、この作者なのですが」

「なんといったかな、確か……佐貫皓一……そうです佐貫皓一ですね」

「不勉強をさらけだすようですが、その方は、いったい」

「ご存じないのも当然です。若手有望なガラス工として注目されたのは十年ちょっと前。しかも二年ほどでぷっつり制作をやめてしまったんですよ」

「じゃあ、この作品はその当時の」

「いや、違います。なにがあったのかは知りませんが、三年前に突然ガラス器制作を再開しましてね」

たぶん、それ以外にはなにもできない男だったのだろう。いくつかの作品を世に出したが、評価はあまり高くなかった。売るためだけのガラス器を作り続け、さらに評価を下げていったが、

「それがあるとき、神でも宿ったのですかね。この切り子碗を作り上げたんです。ほれぼれするほどの良い出来でしょう。作った碗は全部で三つ。揃《そろ》いなら五十の値を付

けても良いとさえ、わたしは思っています」

その直後、再び佐貫皓一はガラス器制作の現場から消えたという。この碗を作るためだけに復活し、役目を終えたからには、もはや存在は無用とでもいいたげなほどあっさりと、佐貫皓一は人々の前から姿を消した。

「じゃあ、もう工房もないのですね」

「この切り子を作った時分は、福岡の方に工房を借りていたと聞き及んでいますが」

「彼は今、どこにいるのでしょう」

「まったくわかりません。消息は不明です。惜しいことですが」

その言葉に、陶子は漠然と思った。

横尾硝子は切り子碗の作者を知っている。佐貫皓一を知っている。

大分で一泊するはずであったが、陶子は予定を変更して小倉に向かった。

例の酒屋に到着したのが午後三時過ぎ。表から中をのぞき、あの中年女性が店番であることを確認して、店内に足を向けた。

「おや、奥さんは確か」

「あの節はお世話になりました」

「こっちこそ。ええ小遣い稼ぎばさせてもろうて」

言葉の端々に、もしかしたら切り子碗の返品を言い渡されるのではないかと、猜疑《さいぎ》心《しん》が滲んでいるようでおかしかった。友人へのいい土産物《みやげ》になりましたというと、安《あん》堵《ど》したのか、

「そうでしたか。そりゃあよかことで」

別に買いたくもなかったが、店で一番高い洋酒を包んでもらい、宅配便で自宅に送る手配をすませた。その後、切り子碗を制作した佐貫皓一のことを尋ねると、答えのかわりに返ってきたのは、

「そういえば、同じことば尋ねてきた人がおっとですよ」

という一言だった。

「同じこと、ですか」

「ちょうどわたしが店番じゃなか日でね、うちのおっさんばおったとです。そしたらきつか目ばしたおなごが、やってきたちゅうて」

「佐貫皓一さんのことを聞いていった?」

女性が頷くのを見て、

――硝子さんだ。彼女、ここまで訪ねてきたんだ。

そう確信した。「もしかしたら」と、女性が目に猜疑心を露《あら》わにして、いった。

あれはもしかしたら、とんでもないお宝やったとですか。ほら、よおくテレビでやっとるでしょう。あの汚なかお碗一個で、何百万も、何千万もすっとやなかでしょうねえ。

どうやら無責任なお宝ブームは、ここまで汚染を広げているらしい。

「前に訪ねてきた女性は、切り子碗の作者の知り合いです。ずっと行方《ゆくえ》がしれませんでね」

「はあ?」

「あの碗を見て、もしかしたらなにかわかるのではないかと、思ったのですよ」

「そういうことでしたか」

確かにお宝といえなくもない。それだけの価値を秘めた切り子碗である。だが、中年女性が想像するような代物ではないことが、陶子に気楽な嘘をつかせた。

「じゃあ、奥さんは、またなんで」

「あの切り子碗。評判がよいのですよ。ほかにも欲しいという人が何人かいましてね。仕事柄、こちらにはよく来るものですから」

「まだあるなら、買っていっちゃろうと」

「だから作者のことが知りたいのですよ」

角打ちの常連客ならば、なにかわかるのではないかと問うと、中年女性は首を横に振った。角打ちの常連とはいっても、誰がなにをやっているかなどは、ほとんど話題に上ることはないという。くだらない与太話、ギャンブルの結果、プロ野球の行方、そうしたその場限りの泡沫のような話題に終始していて、もしかしたらそれぞれの本名も知らないのではないかと、いった。

「それにねえ、あの人、もう二年ばかりきよらんとですよ」

「二年、ですか」

「もっとかもしれんですねえ」

不意に、光のようなものを目の奥に感じた。

「思い出していただけませんか。もしかしたら、角打ちの代金のかわりに、あの切子を置いていって以来なのでは」

「そういわれると、そげん気もすっとですが」

その言葉は、どこまでも頼りない。

佐貫皓一は、三つの切り子碗を作るためにガラス器職人として復活した。それが三年前。――そして……。

奇跡の碗を作ることのみが彼の目的ではなかった。完成された三つの碗は、バラバラに散逸されることを目的としていた。

なにゆえにか。答えは見つからない。

深い霧《きり》の向こうに、佐貫皓一の姿を見た気がした。背中を向けた佐貫はなにも語らず、表情を窺《うかが》うことさえもできない。

四

インターネット上に開設した冬狐堂・ホームページに、「求めます」という告知が写真入りで付け加えられた。

夏景色瑠璃切子碗。佐貫皓一作。三年ほど前に、九州方面で販売された形跡有り。五万円以内で、買い取りを希望。または現物をお持ちでなくとも、当該切り子碗の所在を知る方には、別途謝礼の用意有り。

反応はまもなく、あった。

冬狐堂さんかい。ホームページで面白い告知をしているじゃないか。佐貫皓一とは、ずいぶんと珍しい名前を知っている。さすがに海千山千の狐だ。例の碗だが、佐貫があんなものを制作しているとは知らなかった。写真を見る限り、奴の作品の中じゃ、ぴかいちだな。それを五つで手に入れようとするところが、あんたらしい。ところで、佐貫の切り子碗がうちにもあるんだが、どうだろう引き取っちゃくれまいか。例の切り子碗とは別物だが、筋はいい。四つでどうだい。いや、三つ半でもいいんだが。佐貫が今、どうしているかだって。そりゃあ調べることは可能だが……奴はもう過去の職人だ。それに、作品を作らせるのはあんたの仕事の本分からはずれちゃいないか。それとも、もっとうまい話があるのかい。だったら一口乗せてくれないか。

横浜のさる同業者から掛かってきた電話を、陶子は自宅で受けた。

交渉の末、佐貫作の切り子碗の引き取り値は三万円に落ち着いた。さらに、品物を受け取りに行くまでに佐貫の行方を調べておいて欲しいと、注文をつけておいた。

三日後に横浜に出向き、現物の切り子を手にしたが、ガラス器としては凡庸でとても三万円の値打ちがつく代物ではない。いったんはガラス器制作に復帰した佐貫が、生活の糧を得んがために量産した作品の一つだろうと、見当をつけた。それでも陶子は文句をいうことなく、現金で切り子碗を引き取った。「こいつなら、絶対に六以上の値が付く、いい買い物したね」と愛想笑いする男に同じ笑いを返し、

「ところで、頼んでおいた例の件ですが」

「ああ、死んでるよ」

男はもう、なんの興味もない様子で、さらりと言い捨てた。

「死んでいる！　いつ、どこで」

「といわれてもなあ。死んだのは二年ちょっと前だよ。病気だったか事故だったか。たぶんろくな死に方じゃなかったと思うね」

佐貫皓一がまだ存命で、そこになんらかの旨味《うまみ》があるならこれほどまで素っ気なくはないだろう。だが佐貫が二度とガラス器を作ることはない。また、彼の作がこれから一大ブームを巻き起こすことも、まずない。利益という旨味がない以上、食指を動かすのは阿呆のすることだ。男は、そうした考え方をする業者だった。

礼もそこそこに、陶子は男の店をあとにした。

三日ばかり経って、大分の骨董店主から連絡が入った。やはり、ホームページを見たという。

「確かに三つ揃いにしたいという冬狐堂さんの気持ちはわかるが」

「難しいでしょうか」

「わたしもずいぶんと伝手《つて》を使ってみたのですよ」

　三つの瑠璃色切り子碗は、たぶん佐貫本人の意思によって分散されたのだ、とはいわなかった。どうして、と問われるのが面倒だった。説明をすることは容易《たやす》い。あれほどの碗を、角打ちの代金がわりに置いていった理由が、他に見つからないからだ。金が必要ならば、骨董屋にでも持ち込めばよい。よほど目端の利かない業者ならともかく、一万、二万の金ならば確実に作ることができたはずだ。だが、なぜあれほどの名品を敢えて捨て去るがごとくに散逸させたのか、そこがわからない。

「ところでね、冬狐堂さん。小耳に挟んだんだが……彼がガラス器制作をやめてしまった理由がね」

「それは、八年ほど前にいったんやめた理由ですね」

「ああ、どうやら娘と女房を同時に亡くしたらしい」

「事故……ですか」

「娘の病死と、女房の自殺」

　陶子は一瞬、言葉をなくした。

　物を作るとは、精神の作業でもある。手先の技術でまかなえるものなどたかが知れている。己の中から吹き出す想像力を、押さえ込み、形に調え、完成へと導くのは強靭《きょうじん》な精神に他ならない。そしてその源にあるのは、ときに名誉欲であり、ときに研ぎ澄まされた美意識である。まれには、家族の絆《きずな》を精神力の源におく職人がいる。

「最愛の、家族だったのですね」

「佐貫はもとは東京の人間だったらしい。江戸切り子のガラス工房で働いていたんだが、そこの娘と恋仲になった」

けれど工房主であり、娘の親でもある親方は二人の結婚に反対。あまりにありふれた、けれどだからこそ切実な理由から、二人は東京を捨てた。元が腕の良い職人だから、小倉のガラス工房に職を求めるのはごく容易いことだった。やがて娘が生まれ、小さいながらも幸福な家庭を築くこともできた。そんな折の、不幸だったという。

妻と娘の名を聞いて、陶子はかつての己の言葉を思い出した。

『残念だけれどそれ、ガラスペンじゃないみたい。切り子のかんざしですよ、しかも相当に高名な職人の手作りでしょう』

ガラスペンと切り子のかんざしの区別も付かない二人の女性客に皮肉をいったつもりが、そのまま自分の愚《おろ》かさを指摘する言葉であったことを思い知らされた。

――わたしは、切り子碗に封印された夏を感じた。でも、そうじゃなかったんだ。

じた。

受話器を置き、そのことを大分で手に入れた切り子碗で確認して、陶子は不明を恥じた。

恥じるというよりは、佐貫が切り子碗に込めたメッセージをようやく理解し、慄然《りつぜん》となった。横尾硝子は、このメッセージを碗を見た瞬間に読みとったのだろう。

――それほど近しい関係にあったんだ、硝子さん。

ドアチャイムが鳴った。

来客は横尾硝子だった。

「切り子碗の代金を支払いに来たよ」

「いつでも良かったのに」

「そうはいかないさ。こいつはなれ合いじゃすまされない。あたしとあんたとの商談だからね」

幾分かは、覇気を取り戻したようだ。そのことをいうと「いつまでもぐずってられる身分じゃないよ」と、簡単に片づけられた。自らの言葉を証明するかのように、ワインストッカーからルージュボトルを勝手に取り出し、

「オープナー、どこだっけ」

と、キッチンに足を向ける。ついでに冷蔵庫を開けると、スモークチーズを見つけ

だして、皿に盛りつけ、リビングルームに戻ってきた。

とりあえずは乾杯。ありゃ、ま。いったいなんに乾杯しようか。どうでもいいか。今日のお酒に乾杯ということで。

小一時間ばかりとりとめのない話をしたところで、硝子がバッグから封筒を取り出した。

「じゃあ、凄腕《すごうで》の旗師に敬意を表して」

だが、陶子はそれを受け取ろうとはせず、硝子の側に押し戻した。

「わたしたちの商談は、まだ終わってやしない」

「面白いことをいうね。この中身じゃ、不服かい」

首を横に振り、立ち上がってデスクの上の袱紗包みを持ってきた。

「大分のさる骨董店で手に入れたものよ」

と、袱紗をほどくと、硝子の表情がかわいそうなほどこわばるのがわかった。

「これって、まさか！」

「佐貫皓一作、もう一つの夏景色瑠璃切子碗」

骨董店の店主から、作者のことを聞いたと告げると、横尾硝子の表情に別の翳《かげ》りが浮かび上がった。グラスの中身をぐいと飲み干し、さあ、どこから話したらいいのだろうとつぶやいたまま、硝子の唇はなかなか開こうとはしなかった。

あれはねえ、もう十年以上も前のことになるのかな。そうそう陶子と仕事を組み始めて間もない頃だよ。あたしは内山というガラス工房に出入りしていたんだ。そこで制作されるガラス器にはまってしまってね。陶子も知っての通り、カメラマンとして世に出るためには、一つのテーマを持ち、それを作品という形でねじ伏せなきゃいけないんだ。誰もが一度は通過しなきゃいけない、門だね。あたしは、なんとか内山工房で制作されるガラス器を撮影して、横尾硝子の名前をこの世界に知らしめたかったんだよ。若かったなあ。そんなときだった、あたしは工房で働く佐貫皓一と出会った。というよりは、佐貫の作るガラス器と出会ったんだ。そりゃあ技術的にはまだ未熟で、他の熟練工や工房主とは雲泥の差があったものの、あたしは彼の作るガラス器に、ある種のインスピレーションを得たんだ。

これがあたしのテーマだって。

暇を見つけては通い詰めたよ。内山工房の一人娘というのが、あたしの高校時代の同級生でね。きれいな娘だった。どこか寂《さび》しそうな影があったのは、母親を早くに亡くしていたせいかもしれない。さて、どれくらい通い詰めたかなあ。二年、三年……

そんなものか。

ところが、とんでもない事件が起こったんだよ。そう。陶子も知っての通り、佐貫皓一と工房の一人娘が手に手を取っての駆け落ち、ときたもんだ。おかげであたしの作品テーマは立ち消え。工房主からは、二人の駆け落ちの手引きをしたんじゃないかと責められるし、さんざんだった。あれ以来だな、切り子のガラス器と相性が悪くなったのは。

だからびっくりしたさ。陶子が小倉の酒屋からせしめてきた切り子碗を見たときは。一目でわかったよ、佐貫の作品だって。グラヴィールと切り子を組み合わせるのは、あいつの得意技だったもの。

そういって硝子は、作り物めいた笑顔を見せた。

「まったく、嘘が下手なんだから」

「なんだって」

「じゃあ、硝子さんは十年前の思い出の代償に、五十万円もの大金を支払うつもり？」

「そりゃあ、ちょっとは高いと思うけれど」

青春の思い出を確認するために、わざわざ小倉にまで出かけたのかと追い討ちを掛けると、硝子は頬を膨らませ「知ってたんだ」と、一言いった。

「好きだったのでしょう、佐貫皓一のことが」

「やめておくれよ、小娘じゃないんだ」

「小娘であるなしは、関係ない。硝子さんは佐貫皓一のことが好きだった。もしかしたら今も胸の中に彼の肖像を思い抱いている」

もう一度、やめておくれといったきり、硝子は唇を引き結んだ。それが本来の機能を取り戻すのに十分ほど必要とした。

あの人の手がね、といって言葉を止め、

「なんでもないガラスの器に、切り子を刻むあの人の手が、魔法使いのそれに見えたんだ」

制作過程を撮影しながら、あの人の手元ばかりを撮っている自分に少々驚いたと、硝子がいう。それを世間一般では恋愛感情というのだと、言葉にするのはさすがにためらわれた。二本目のワインの封を切り、勧めながら、これから話すべき言葉を陶子は模索した。

「それにしても驚いたな。同じ碗がもう一つあるなんて。これも五十万で引き取れといわれても、だめだよ」

「あのね、硝子さん」

「陶子……」

不意に、硝子のグラスの中身が顔へとひっかけられた。

驚きはしたが、硝子を非難する言葉はどこからも湧かなかった。

「陶子、あんたはいい旗師だ。目端が利いて、おまけにいい女だよ。けれどあまりに情が深すぎるんだ。だから踏み込まなくてもいい泥沼《どろぬま》に、つい足を突っ込んでしまう」

いい加減に、学習という言葉の意味を理解しなければ、と硝子がいった。

反論はない。あろうはずがなかった。

「七、八年前だったかね、佐貫から手紙が来たよ。妻と娘が亡くなりました。ご報告だけ申し上げておきますって、馬鹿丁寧な文面で」

「……？」

「最後にこう記してあった。ぼくはもう、作れないかもしれません、と」

そして、言葉は現実のものとなった。ガラス器を作れなくなったガラス工が、どのような日々を送っていたか、想像に難くない。だが荒《すさ》んだ日々を乗り越え、佐貫は制作現場に復帰した。この世に三つの切り子碗を生み出すために。

「佐貫さん、二年ほど前に亡くなったそうよ」

「……そう。そんな気がしていた」

「よほど奥さんと娘さんを愛していたのね」

「じゃあ、陶子もあの碗に込められたメッセージを理解したんだ」

「硝子さんは、すぐにわかったみたい」

工房の一人娘の名は奈津。娘の名は麗美。

「まさか、切り子技法で描かれた夏草が、同時に五線譜を表しているとは思わなかった」

一番下の葉の真下に舞う蛍は「レ」の音を。その葉にとまる蛍は「ミ」の音を指している。すなわちレミ。

「撫子にも意味があった。撫子は『撫でし子』にあて、愛し子のことをうたう和歌によく用いられると、なにかの本で読んだことがあるもの」

そして碗全体が表す夏の季節は、奈津の意味を持っている。

碗の制作者は佐貫皓一。

陶子が名付けた夏景色瑠璃切子碗は、永遠に失われた佐貫一家そのものを示していたのである。

「馬鹿だねえ」と硝子はつぶやくが、言葉はまったく違う意味を含んで聞こえた。己の手元から忽然《こつぜん》と消えた、幸福の形を思う佐貫皓一の執念を、思っていたかもしれない。そこまでの強烈無比な愛情を注がれた、奈津と麗美親子への、嫉妬《しっと》もあったかもしれない。それらをすべて受け入れ、なおかつ碗に五十万円もの大金を積んだ横尾硝子という女性に、陶子は尊敬以外の念を持つことができなかった。

——だから、わたしは……。

硝子に向かって、「実は」と話しかけた。

この碗はもう一つある。この世のどこかに存在している。

「って、これとは別に」

「そう。碗は三つあったの」

佐貫の思考経路をたどることは容易だった。碗は佐貫一家そのものを指している。ならば三人分、三つあるのが当然ではないか。

「逆にいえば、この碗は三つ揃ってはじめて価値が生まれると、わたしは思う」

「探すつもりかい」

「もちろん、冬狐堂のプライドにかけて」

「でも……ねえ、陶子」

「五十万円の値段は、三つ揃った碗に与えられるべき価値でしょう」

それまでは、このお金は受け取るわけにはいかない。だからこの封筒はバッグにしまってください。そういうと、硝子の顔から、表情がぽとんと落ちた気がした。それまで作り続けた偽りの顔が、元に戻ったようだ。

三つの碗が揃うのがいつかは、わからない。揃った碗と硝子がどう対峙《たいじ》してゆくのかも、見当がつかない。けれど、それが自分に与えられた責務であることは、確信している。

「業なんだから」という硝子の声が、ありがとうに聞こえた気がした。

# 黒髪のクピド

# 序

潮《しお》の匂いを含んだ夜風が、頬を撫《な》でていった。

もう一杯作りますかという店主の声に頷《うなず》くと、まもなく琥珀色《こはくいろ》の液体に満たされたロックグラスが、目の前に置かれた。

「博多は初めてきんさったとですか」

店主の問いに首を横に振って応えた。

「地元の人間には見えませんか」

「そりゃあ、もう。博多も最近じゃ洒落《しゃれ》モンばずいぶんと増えたけど、お客さんごたある都会の匂いばぷんぷんさせとるおなごは、めったにおらんけんね」

冷泉公園横に並ぶ数軒の屋台。博多湾からあがる海産物の焼き物とおでん、それにラーメンがウリの店が多い中で、この店は珍しく本格的なカクテルが飲めることで、知られている。しかしそれが、カウンターに腰を落ち着けている理由ではない。

宇佐見陶子《うさみとうこ》は、表を通り過ぎる足音に耳を澄ませていた。

「博多には観光で？」

「いえ、そうじゃありません」

「もしかしたらお仕事ですか」

「まあ、そうですけれど」

「やっぱ、仕事ばもっとるべっぴんさんは得ったいね。夜にサングラスをかけても、それがまた様になっとうモン」

別に気障《きざ》でかけているわけではない。目に軽い障害を持っているから、こうした屋台の裸電球が苦手なのだ、とはいわなかった。

「屋台って、いろいろなお客さんが来るのでしょうね」

「そりゃもう、千差万別。普段は砂ん中の貝みたくしゃべらん男が、酒ば入りよるとたんに人が変わって博多俄《にわか》ば謳《うた》いよるっもおれば、一晩中彼氏ののろけ聞かしよる馬鹿女もおっとです」

「ずいぶんと楽しそう」

「楽しかですよお。楽しすぎて、こっちも馬鹿になりそうです」

時計を見た。

約束の時間までにはまだ少々ある。

ご依頼の件について、調査終了。今夜八時、冷泉公園の屋台で。屋号などあってないようなものだが、カクテルがウリの店はどこかと周囲で聞けば、必ずわかる。

陶子のコンピュータにメールが入ったのは、昨夜のことだった。いくつかの仕事を断り、博多行きの飛行機に乗り込んだのが、午後三時である。

「待ち人ですか」

「えっ」

そのときになって初めて、陶子は屋台の主人の顔を直視した。頬から唇にかけて大きな傷跡がある。額にまっすぐに走っている線も、どうやら皺《しわ》ではないらしい。人なつこい口調のせいで気づかなかった、男のもう一つの《貌《かお》》を見た気がした。

「わたしの待ち人……来るでしょうか」

というと、男がいつの間に取り出したのか、カードの束をマジシャンの手つきで操りながら、中の数枚をカウンターに撒《ま》いた。トランプではないし、タロットカードとも違う。

「うんすんカルタ、ちゅうとりますばい」

「ああ、それが。実物を見るのは初めてですが」

撒いたカードをひとまとめにしてシャッフルし、扇状《おうぎ》に広げて陶子に差し出す。一枚引けといっている。それに従い、引いたカードを主人に手渡すと、いきなりカードは宙に放り投げられた。ぱっとマグネシウムホワイトの炎が舞って、一瞬の後に消えた。

「来るとですよ、待ち人は」

「いつ」

「まもなく」

腕時計を確認すると、ちょうど八時を示していた。

「よく考え抜かれた演出ですね」

「やっ、ちっとわざとらしか、でしたかねえ」

「ま、少々」

「一度やってみたかったとですよ。ミッション・インポッシブルみたか真似ば」

笑顔のまま、主人が背中からＡ４サイズの茶封筒を取り出した。

「ご依頼の件、調べておきました」

「ありがとうございます」

「改めて……根岸《ねぎし》です」

「冬狐堂《とうこどう》、宇佐見陶子です。それにしても調査員が屋台のご主人とは」

「これでん、ちっと前までは専門調査員やったとです。結婚相談所の」

「そうだったのですか」

茶封筒から取り出した調査報告書には、

『当地における＊＊D教授の足取りについて』

と、タイトルが付けられていた。

一

競《せ》りという行為は、ルアーフィッシングに似ている。

釣りとは無縁の陶子がふとそんな言葉を思い出したのは、人知の及ばぬ領域で予感めいたものが働いたせいかもしれなかった。

ルアーとは疑似餌《ぎじえ》のことだ。小魚に似せた金属片や昆虫に似せた餌《えさ》で魚を誘い、釣り上げるスポーツフィッシングである。

競りの会場は山奥の清流。

そこに出品される物《ブツ》は、水底からこちらを窺《うかが》うランカークラスの獲物。

――そして、わたしたち旗師《はたし》は……。

釣り師は水底めがけて釣り竿を振るう。獲物がすぐにでも食いつきそうな、指し値という疑似餌をつけて。ところが競りも釣りも水物であることに変わりがなく、せっかく獲物がルアーに反応し、すぐ鼻先にまで近づきながら、くるりと身を翻《ひるがえ》されてしまうことが、ままある。直後に別の釣り師――旗師――に獲物をさらわれることも珍しくはない。そのときの喪失感は、永遠に慣れることのない、旗師の深淵である。闇である。

この日の競りが、まさしくそうだった。

事前に配布されたカタログを目にしたときから、陶子の狙いは一点に定まっていた。シェルカメオのアクセサリー三点セット。イタリア製でたぶん十九世紀半ばの作ではないか。メインのブローチは七十ミリ×二十ミリのサイズで、精緻《せいち》なフェアリー像が彫り込まれている。サブの耳飾りは薔薇《ばら》の花。ルーペでさらに拡大して見ると、フレームの様子がどうもイタリア製とは異なるようだ。たぶんイタリアで彫りを入れたカメオをフランスあたりに持ち込んで加工・完成させたものではないか。写真を見る限り、大きな傷はないようだ。

――八十（万円）あたりで落とすことができれば。

陶子は素早く値を読んだ。

出品者の指し値は九十を下ることはあるまい。となると、競りの会場で会主側の発《ほっ》句《く》は六十あたりか。その値から競りが始まり、参加者は徐々に値をつり上げてゆくのである。指し値を大きく下回ると、出品者が品物を引き上げる「親引き」。指し値を上回れば、出品者にとって上々の競りとなる。ただしあまり高値になるとそれだけ競り落とした側の利が薄くなる。いくら競り落とし値が高いからといって、そこに単純に儲《もう》けを上乗せできるほど、甘い世界ではない。そうした計算をした上での「八十あたり」なのである。

これほどの品物であれば、発句から十万の上乗せまではたいした時間はかかるまい。問題はそれからになる。一万単位の上乗せからさらに、千単位になってからの競りを、陶子は頭の中で正確にシミュレーションしていった。

にもかかわらず、陶子はアクセサリーのセットを競り落とすことができなかった。

陶子が八十二の値をコールし、そこが落とし所と確信した瞬間、会場の隅から「百」

の声があがった。一気に十八万の上乗せがコールされることなど、常識ではまず考えられぬことだった。奇妙な空気に浸食された会場は寂《せき》として声もなく、まもなく競り人の「百にて落札します！」という間の抜けた宣言が響き渡った。

あとで聞いた話によれば、競り落としたのは客師だった。バイヤーとして機能する旗師と違って、客師は依頼人の注文を受けて品物を競り落とす専門業者だ。競り落とした品物を流通させ、売却益を得る旗師と違って、ブツそのものを動かす必要がない。法外な上乗せも、バックに豊富な資金源を持っている彼らなればこそ、可能な荒技《あらわざ》といえた。仕事柄、得意先に頼まれて客師の真似事を、陶子もしないわけではない。けれど旗師と客師の間に一線を引くという点において、決して妥協しない。そのことがある意味での矜持《きょうじ》でもあった。

多くの釣り師がそうであるように、釣り損ねた獲物は妄想という名の餌を食《は》んで、肥大化、巨大化してゆくものである。逃した三十センチの岩魚《いわな》は、そのことを誰かに告げるたびに五センチずつ成長してゆくものではないだろうか。

同じことが、競りにもいえる。競り落としに失敗したブツは、想像の中でその輝きを増す一方で、逆ということはあり得ない。あるいは百五でも良かったのではないか。いや百十までならなんとか赤字を出さずにすんだはずだ。この世界に身を投じて過ごした年月は、五年や十年ではきかない。故にこそ「冬の狐《きつね》」と称されることも、また陰では「古狐」とあだ名されることもある陶子だ。それでも、競りに失敗したことで生じるささくれは、夜になっても、次の朝になっても癒《いや》されることがない。こうした業の深さは、旗師の生きる証《あかし》でもある。

「競りはルアーフィッシングに似ている……か」

部屋に戻り、着替えてその言葉を口にしたとたん、陶子は言葉の主のことを思い出した。

二十一歳だった。

美術学校の洋画科に通う学生ならば誰しもが持ちうる過剰な美意識と、自らの才能への無垢《むく》なる信仰、やがて開けゆく輝かしい未来への希望といったものを、すべて失った宇佐見陶子がいた。杉本深苗という名の同級生の才能に打ちのめされ、美神・ミューズに愛される資格を持たぬ己を思い知らされて、精神の荒野に一人取り残された日々が続いていた。

それでも絶望を人生の伴侶とするには、陶子は若すぎた。その身は深い霧《きり》の中にあったけれど、ときに朦朧《もうろう》の先に煌《きら》めくものを感じることがあった。なにかが我が身を招き寄せようとする気配を肌に覚えるのだが、正体が知れない。

焦るな。あわてるな。画学生としての夢からは覚めたが、それでもすべての夢が失われたわけではない。必ずどこかに通じる道があるはずなのだ。たとえそれが獣道《けものみち》であったとしても、慎重に歩みつつ、大胆にまろぶことができるなら、この指先は必ずなにかに触れることができる。それを探す時期が我が身に訪れているにすぎないのだから。

それもまた、若さ故の幼い信仰であったかもしれない。

そんなとき、鎌倉のK美術館で開催された「鏑木《かぶらき》清方《きよかた》展」で、背後からぽんと肩を叩かれた。振り返ると、キャンパスで見慣れた顔がそこにあった。

「宇佐見君……だったね」

「プロフェッサーD！　どうしてこんなところに」

陶子はあまりに意外な取り合わせに、声を失った。

プロフェッサーD。生粋《きっすい》の英国人だが、十数年前に大学に招聘《しょうへい》されて、やがて日本に帰化。現在は大学で「美学論」「比較文化論」など複数の講義を担当している。

一年次の一般教養で初めて彼の講義を聴いた陶子は、以来、Dに密《ひそ》かに私淑していた。そして三年からは彼のゼミナールに入り、私淑は親炙《しんしゃ》と形を変えて今に至る。

生物に命があるが如く、芸術もまたいつかは滅びる運命を背負っている。美の永遠性などという妄言《もうげん》に惑わされてはいけない。たしかに芸術にも寿命は存在するのである。されどそれは、生物の持ち物に比べてはるかに長い。今日の美が明日の同時刻に醜悪《しゅうあく》となることはあるまいが、それとても百年、二百年後の保証を有しているわけではないのだ。なおも極論するならば、人は己の魂に仮借する感傷でしかないのかもしれない。鑑賞は感傷であり、永続ではない。今日愛《め》でた芸術を否定するのは、他ならぬ諸君たちの目やもしれないのである。けれどそれを恐れてはならない。目を疑う事なかれ。他人の視線を用いる事なかれ。

プロフェッサーDの講義の底には、常に判断と区別の美学があった。仕分けの美学といって良いかもしれない。日本文化を曖昧《あいまい》の美学と定義するなら、Dが語るのは一切の不明瞭を切り捨て、真実の骨格を愛でる美学。それが陶子には新鮮で、可能な限りDの講義を受講させる結果となった。

よかったらランチでもという誘いを受け、二人は美術館を出た。

Dが案内してくれたのは、鎌倉でもそれと知られた洋食屋で、ローストビーフとタンシチューが有名であることは陶子も知っていたが、当然ながら店に入るのは初めてだった。

「ここは、戦前・戦後の文人たちが愛した店だそうだ」

「そのように聞いたことはありますが」

テーブルに並べられたいくつもの皿の、どこから手をつければ良いものか迷っていると、Dみずから小皿に料理を取り分けてくれた。

「こうした習慣は、我が母国にはないのだが……まあ悪くないと思う」

「はあ」

「とはいうものの、うちの学生たちの清貧ぶりにはときおり目頭が熱くなるよ」

「……それはそうですね」

「たまさか、こうした店に足を向けることは、精神衛生的にいっても決して悪いことではあるまいに」

「美学生は、お金があるとすぐに制作費に回してしまいますから」

ことに、うちの大学はその傾向が顕著で、中には四年間の学生生活で学食以外の飲食店を知らずに卒業してゆく強者《つわもの》がいるほどだというと、Dがビアグラスを片手に苦笑した。陶子にしたところで親からの仕送り前、アルバイトの給料日前の一週間ほどは、フランスパンと水が主食になるということも珍しくはなかった。美食よりは一本の絵の具を。一枚のカンバスを。

そうした日々が確かにあった。清貧などという言葉からは無縁だが、純粋無垢に絵筆を振るった日々が、今はもうこの手から失われたのだと思うと、ふいに目頭が熱くなった。

あわてたのはDだった。

「どうしたのかね。ええっと、まさか料理に感動したわけでもあるまいが」

「ちがうんです」

「なにがあったのだろうか」

なにかを語ろうにも、言葉の一切を失った陶子がいた。脳細胞に刻《きざ》まれたはずの言語システムが砕け散り、なんら体系も系統も持たない単語の羅列のみが、次々に浮かんでは消えていった。

美神に仕えることが許される者と許されざる者。

ただ一本の線のみで、全ての感情を表現しうる者とそうでない者。

必然性のみが持つ怜悧《れいり》な残虐《ざんぎゃく》さ。

真の才能の前に横たわるしかない沈黙。

いくつかの単語を口にしたが、Dに理解されたとはとても思えなかった。それでも陶子は、ひたすらに無邪気な弱者となって語るしかなかった。

すっかり料理が冷め、給仕が幾度か心配そうに近寄ってきたが、Dがそれを制した。カルバドスがあれば氷砂糖をひとかけ入れて、お湯割りにして欲しい。

やがて注文通りの飲み物が運ばれてくると、

「ゆっくり飲むといい。気分が落ち着くだろう」

Dの低い声が陶子の耳朶《じだ》に届いた。

「わたしはどこへゆけばよいのでしょうか」

「どこへ？　それを決めるのはいつだって君の耳目と二本の足だよ」

「でも、わたしには！」

「最近ね、こんなものを集め始めたんだ」

そういってDが革のバッグから取り出したものは、およそこの場にふさわしいとは言い難い代物だった。

ビニール製の人形。

それもかつては陶子自身が遊んだこともある、少女人形だった。

「これって、あの」

「リカちゃん人形……というそうだね」

「はあ」

「珍しい。いや実に素晴らしい人形だよ」

人形の足の関節を直角に曲げ、テーブルに座らせると、その場の雰囲気がますます奇妙なものになった。さすがに周囲の視線が気になり、「あの、先生」といっても、Dはいっこうにひるむ気配がない。

「もっと素晴らしいのは、人形に付属して、ドールハウスやミニチュアカーなどがセットされている点なのだ」

「ああ、確かに、そうですが」

「メーカーに問い合わせて資料を取りそろえてみたよ」

すると、とDが笑った。

付属のドールハウスや、その他のセットには、ある種の特徴が見られるという。すなわちその時代、時代における一般大衆の「夢」が付属品には込められているのだぞうだ。白黒テレビ全盛の時代にはカラーテレビが。内風呂の珍しかった時代には、洋風のバスが。マイカー然り。独立した子供部屋然り、である。

付属品ばかりではない。人形そのものにも微妙な変化が見られるという。顔の形や目の大きさ。ボディーラインも、時代によって異なるという。

「つまりこの人形のセットには、日本人の美意識と社会性の変化が込められているのだよ」

「それは、面白い考え方ですね」

「うん。いずれ研究をしてみるつもりではいるが」

これは美神への冒瀆《ぼうとく》だろうかと続けたDの言葉が、陶子の胸の裡《うち》で一番もろくなっている部分を、とんとつついた。ほんの軽い一撃で、そこの部分に大きな穴が空くのではないかと思われたが、意外にもつつかれた場所から歓喜に似た悲鳴が上がった。

「冒瀆であろうはずが、ありません」

「宇佐見君は、まだ若い。若いというのは、羨《うらや》ましいことでもある。すでに人生の折り返し地点を過ぎてしまったものには、ねえ」

その言葉を聞いて、初めて陶子はDの年齢を思った。

父親というにはまだ若い。けれど少なくとも二十歳は歳が離れていることは明らかだった。一分の隙《すき》もなく着込んだダークグレーのスーツが、そのまま年輪となっている。

鳶色《とびいろ》の瞳と鼻の下にたくわえられた褐色の口ひげに、陶子が初めて「異性」を意識した一瞬だった。

——あのとき……。

バスタブに半身を横たえたまま、陶子は考えた。

プロフェッサーDと初めて個人的な会話を交わしたあのときの、季節がどうしても思い出せなかった。口にしたタンシチューがひどく温かだった記憶がある。では秋か、冬か。勧められたビールを、グラスの半分ほど一気に飲んだ記憶もある。ならば夏か。

「どうして思い出せないのかな」

思い出せないのは、思い出したくないということだろうか。あるいは、季節感が色褪《あ》せるほどに、あのころの陶子が荒《すさ》んでいたのかもしれない。

競り市《いち》はルアーフィッシングに似ている。

言葉の主はDであった。

ただしそれを耳にしたのは、ずっと後のことだ。

陶子は浴室を出て、部屋着に着替えた。ワインストッカーから気に入ったボトルを取り出し、居間で湯上がりの一杯を楽しむべく用意を始めた。

「そう、ずっと後のことだものね」

コルク栓を抜きながら、一人つぶやき、陶子は笑った。

そのとき部屋の電話が、着信を知らせる電子音を鳴り響かせた。受話器を取り上げると、杉美咲と名乗る未知の女性が、旧知の人物について、意外な情報をもたらした。かつてのあなたの恩師であり、短くはあったが夫でもあったプロフェッサーDが、自宅から姿を消した。ついては相談したいことがあるのだが、明日会うことはできないか。

杉美咲の言葉はひどく唐突で、現実からは遥《はる》か遠い場所から吹き来る、風の音のように聞こえた。

二

古物・骨董《こっとう》の世界に陶子たち旗師がいるように、古書の世界にも店舗を持たないバイヤー的な人種が存在する。彼らは《セドリ》と呼ばれ、古書店から古書店を渡り歩いて稀覯《きこう》本を探し出し、それを別の店舗に持ち込むことで売却益を得ている。

「ところが最近はやりづらくてね」

セドリの高間が、アイスコーヒーをすすりながらいった。

全国チェーンの大型古書店がいけない。あいつらときたら古本の価値なんざ、てんでわかっちゃいないんだ。アルバイトで雇われた連中に目利きなんてできるわけもないから、貴重本も屑《くず》本もマニュアル通り査定しやがる。ちょっと表紙に傷が入っている、中身が黄ばんでいるといって、みんな廃棄処分にしちまうんだ。たまったものじゃないさ。おまけにあいつらが幅を利かせたおかげで、街の良心的な古本屋がばたばたつぶれているんだ。

どうやら相当なヘビースモーカーらしい。話している間に彼の指には次から次へと紙巻き煙草《たばこ》が挟まれ、煙と灰とに変えられてゆく。

「まったく住みづらい世の中になったものだよ」

そういって高間が煙草の空箱を握りつぶすまで、陶子はときおり相づちを打つだけで、我慢強くタイミングを待った。仕事柄、聞き役にまわることは苦痛ではない。蒐《しゅう》集家《しゅうか》のコレクションを譲り受ける場合など、半日以上も自慢話の聞き役に徹することも珍しくはないからだ。

「そんなときだったよ、あんたの知り合いからセドリの仕事を頼まれたのは」

「この人物ですね」

陶子が差し出したDの顔写真を一瞥《いちべつ》すると、高間は頷いた。

「彼は……どのような仕事を依頼したのですか」

「セドリの仕事といえば、本を探す以外にないだろう」

「本を探す？」

「まあ、口幅ったいことをいうようだが、博多近郊の古本屋の情報はすべて」

高間が、こめかみのあたりをとんとんと叩いた。

情報はすべて頭の中に入っている。どこの店にどんな本があるか。そして在庫情報の更新こそが、セドリの仕事なのだ。店が日々仕入れる本に目を光らせ、そこから商品になる本を探し出す。ときには店主が密かに隠し持った秘蔵品にも、目を光らせねばならない。鼠《ねずみ》の猜疑心《さいぎしん》と鷹《たか》の眼を持つセドリこそが一流であり、そう呼ばれる資格が自分にはあると、高間はただひとつの仕草で自慢してみせたのである。

陶子は、黙って封筒を差し出した。

その厚みだけを確かめて、高間が封筒を懐にしまった。

「博多人形に関する本だよ。それもなるべく古い方が好ましいといわれてね」

「古い、博多人形に関する資料ですか」

煙草の新たなパッケージを開けながら、高間はいくつかの古書店名を挙げた。それをメモに書き取り、礼をいって立ち上がろうとした。

「その人、なにかやらかしちまったの」

「そういうわけじゃありません」

「浮気調査って感じでもないしねえ。第一あんた、調査会社の人じゃないだろ」

「どうして、そう思いますか」

「封筒の中身だよ。三枚と見たけど」

「さすがに紙の取り扱いは、プロですね」

「額が多すぎる。しかも……あんたには俺と同じ匂いがする。いや、同じじゃないな。でも全くの他人でもない気がしてね」

紫煙《しえん》越しの高間の視線が、陶子から同業者の匂いと同時に商売の匂いをもかぎ取ったよと、告げている。もしそうなら一枚嚙《か》ませてくれないか、とも。

「他に、彼はなにかいっていませんでしたか」

「いや。俺が人形に関する書籍を専門にしている古書店を何軒か紹介すると、過分な仕事料を支払ってくれてね」

「そうですか」

「ちょっと待ってくれ、そういえばなんとかいっていたな」

高間が脳細胞から記憶をしぼり出すまでに、煙草が四本、灰に変わった。

人形師・辻本伊作。

そうだよ。明治時代だか大正時代の人形師がどうとか、つぶやいていたな。俺は耳にしたことがないが、そいつは有名な男なのかい。幻の人形師だとか。もしかしたらとんでもない価値があるのかね。だったら俺も協力するよ。セドリといっても、古道具屋を相手にすることがあるんだ。どこかの旧家で処分したがっている古書なんかを扱うこともあるからな。いや、実はそうしたところにお宝が多いんだよ。三年ほど前になるが、太宰府の神官の家で、手塚治虫の初期作品を掘り出したこともあるのさ。一緒に行った古物商の目をかすめて、ぶんどってやったよ。あれは、いい商売になった。なあ、辻本伊作というのは、きっととんでもない価値のある人形を作ったのだろう。でなきゃ、あんたもあの人も、法外な報酬をくれるわけがないものな。

急に饒舌《じょうぜつ》になった高間に、陶子は首をゆっくりと横に振って、

「残念ながら、その名前に記憶はありません」

そういうと、

「やはりそうか。あんた古物商だな。もしかしたらとは思ったが」

「鎌をかけたのですか」

「商売上の知恵だよ。そうか、古物商か」

だったらなおさら信用はできないと、高間が唇を歪《ゆが》めて笑った。その声音のとげとげしさが陶子を一瞬後悔させたが、

——根岸の報告書にこの男の名がある以上、わたしは……。

会わずにはいられなかったのだと、自らに言い聞かせて、その場を離れた。

ホテルに戻ると、すぐに小型コンピュータを立ち上げてメールのチェック、ネットオークション上に出品しておいた商品の動きなどを確認した。

いかに元夫を捜す旅とはいえ、旗師の仕事を疎《おろそ》かにするわけにはいかなかった。そうしたゆとりが許される職業でもない。常に自転車操業を続けなければ、たちまち口が干上がってしまうのが旗師である。すでに、九州で開かれるいくつかの競り市に参加するための届けは出してある。明日は小倉で開かれる市に参加する予定だった。下準備をすませ、陶子は部屋に備え付けの冷蔵庫からミネラルウォーターを取り出した。硬い舌触りの水を喉《のど》に流し込み、ひと息つくと自然に、「辻本伊作……か」と、唇が動いていた。

——間違いない。あの人形だ、あらゆる原点は。

陶子の記憶の中に、古びた人形の姿が刻み込まれている。

ひと月ほど前のことになる。

Dから突然電話で連絡を受けた。

君に客師の真似事をさせるのは気が引ける。だが、神奈川県川崎市で開かれる競り市に、ある人形が出品されるはずだから、それを競り落としてくれないか。落とし値は君に一任する。といっても無名作家の作であるし、さほど貴重な品物でもない。たぶん四、五万で落とせるのではないか。多少は高くついてもかまわないから、ぜひとも競り落として欲しい。

そうした依頼は初めてのことであったし、なによりもDにしては珍しい強い口調が、陶子を戸惑わせた。といっても、納得できないわけではなかった。この十年、Dは人形の研究家として知られ、特に「リカちゃん人形」に関する著作は数冊にのぼる。ときには「リカちゃん先生」とまで呼ばれ、マスコミに登場することもあった。本人がそうした扱いを受けることを決して好んでいないことはよくわかったが、大学サイドの意向も多分にあるのではないか。斬新なキャンパスカラーを演出するために、あえて広告塔の役割を果たしているのだろうと、陶子は痛々しさを感じながら、そうしたDの姿を離れた場所から見ていた。

人形研究家としてのDが、人形に興味を持つのはごく自然の流れといえた。

陶子は依頼を引き受け、会場に出かけた。

競り市の会場には、商品を下見するための場所が設けられている。そこで問題の人

形を見るなり、

——ああ、これならば。

二つの意味でそう思った。なるほどこの人形ならば、Dが興味を持つのも無理からぬこと。そして、この人形ならばおいそれと買い手がつくまいから、あんがい安値で落とすことができるのではないか。

一言でいうなら、生々しいのである。日本人形、それも最近の作ではない。たぶん幕末から明治あたりに作られたものではないか。少女人形なのだが、日本人形独特のデフォルメが全くない。頭身のバランスから目鼻の配置に至るまで、より精密に人間の分身を作ろうとする意思が、痛々しいほど伝わる人形だった。その努力と技術は十分に感じられるものの、作家の執念が過ぎるように思えた。そこには愛らしさなどという甘い感情が付け入る隙は一分としてなく、見るものをして薄ら寒い恐怖さえ覚えさせる出来映えだった。

——もしかしたら、生き人形、か？

そうした名で呼ばれる人形が、かつて日本にも存在していたという話は、聞いたことがある。愛玩《あいがん》目的というよりは、信仰の憑代《よりしろ》として、あるいは呪術の対象として作られた人形。そう教えてくれたのは、知り合いの民俗学者である。

なおも観察して、陶子は人形から漂う禍々《まがまが》しさと恐怖の正体が、瞳の中にあることを発見し、慄然《りつぜん》となった。

——この人形……!?　まさか。

そのとき感じた漠然とした不安は、別の形で競り市の動きに現れた。

参加者の顔ぶれを見回したうえで、落とし値を「五万以内」と踏んで競りに臨んだが、予想外の高値がついた。発句で三万の値が付けられた人形が、まもなく六万を超えてしまったのである。そのときになって陶子は、自分の犯したミスに初めて気がついた。人形の不気味さに圧倒されたためか、あまりに重要なポイントを見落としていたのである。

人形に着せられた衣装の出来が、尋常ではなかった。京友禅の逸品で、染めの具合も極めて良好。さらに金糸を使った刺繍《ししゅう》が精緻そのもので、これだけでも十分に価値があるといえた。

結局、七万を超えたところで陶子は一気に値のつり上げを計り、九万二千で落札することができた。

その夜、人形を受け取りにやってきたDには六万で落札したと告げた。黙って頷き、Dが差し出した封筒には十枚の札が入っていた。

「これでは多すぎます」

「プロにただ働きをさせるわけにはいかない。余った分は報酬だよ」

「ありがたく頂戴します」

Dの手元に置いたピルスナーグラスにビールを注ぎながら、陶子の中にふとした思いがよぎった。

どうしてわたしはこの人と別れてしまったのだろうか。いや、それ以前にどうしてこの人の妻になろうと決めたのだろうか。

円高不況と呼ばれる時代に美大を卒業した女子大生にとって、就職先は皆無といって良かった。研究室に残ることを選んだ陶子は、修士課程を終えると同時にDの私的な門下生となった。彼の書く論文や文章の下調べ、資料集めをするようになり、やがて二人は夫婦関係を結ぶことになった。そうした一連の流れは、あまりに緩やかでよどみなく、逆に思い出らしい思い出を作るエピソードに欠けるものであったかもしれない。

別れを切り出したのも陶子の方だった。

「覚えているかね、陶子。君が骨董の世界で生きてゆきたいといった日のことを」

「はい。プロフェッサーに連れられて、ガレージセールに行った……」

「あのとき君は、古伊万里の茶碗を買ったね」

「それも五百円……捨て値同然でした」

「だが、君はいった。これは価値がある、と」

その茶碗は、今も陶子の部屋の収蔵庫にある。どちらかといえば無骨な作りだが、その図柄の素朴《そぼく》さの中に、筋の良い味わいを見つけた日のことを、忘れないためだ。価値よりも箱書きよりも、己の眼を信じよ。美しいものを美しいと認める素直さと頑固《がんこ》さを捨ててはならない。

いつだったか、部屋を訪れた同業者が、その茶碗に目をつけたことがある。誰もが知っている陶芸作家の名前を挙げ、彼の若き日の習作ではないかと告げたうえで「三十でどうか」と持ちかけたが、陶子は首を縦に振らなかった。

「あの茶碗を見せてくれるかい」

茶碗を今も陶子が所有していることを、みじんも疑わぬ口調でDがいった。収蔵庫から取り出した茶碗を両の掌《てのひら》にのせ、その風合いを愛でるDの仕草に、陶子は胸の中に波立つものを感じた。遠い昔、Dの掌によって愛撫《あいぶ》された乳房の感触が、あまりに唐突に思い出されたからだった。

「ところで、プロフェッサー！」

動揺を抑えきれずに、陶子は話題を強引に変えようとした。

その人形のことですがと続けると、Ｄは茶碗を静かにおいた。

「なにかね」

「それはもしかしたら、生き人形ですか」

「ほお。やはり気がついたか」

「誰かを正確に模したものですね」

「そうだろうね」

「どうして興味を持たれたのですか」

もしかしたらプロフェッサーは、あらかじめこの人形に関する知識をなんらかの形で手に入れていたのではないか。だからこそ、どうしてもこれを落札したかったのではないか。それに。

陶子はゆっくりと言葉を選んだ。

「これは正確には生き人形ではありません」

「生き人形だよ」

「違います、なぜならば」

陶子は、人形の瞳の奥を指さした。

「この人形の瞳は、瞳孔が開いているじゃありませんか」

「……」

「この人形を作ったのは誰ですか。どうしてこんなものが残されたのですか」

だが、陶子の問いに答えはなかった。そのかわり、

「この娘はねえ、クピドなんだよ。黒髪のクピド」

それだけいって、Dは陶子の部屋をあとにした。


ミネラルウォーターの残りを飲み干し、陶子はホテルの窓ガラスに広がる夜景を見つめた。博多の夜は地方都市とは思えぬほど、まばゆく光り輝いている。じっと見つめていると、自分がどこにいるのかわからなくなりそうなほどだ。目の奥に、鈍い痛みを感じた。飛蚊症《ひぶんしょう》を患《わずら》う陶子には、長時間にわたる眼の酷使《こくし》が許されていない。痛みは危険信号でもある。

洗面台でタオルを濡《ぬ》らし、ベッドに横たわって目の上にあてた。

瞳を閉じても、先ほどの夜景がまだ瞼《まぶた》の裏側にはっきりと残っている。光の向こう側に、Dが「黒髪のクピド」と呼んだ人形の映像が重なる。さらにその後ろにはDの後ろ姿がある。

――問題は辻本伊作だな。

おそらくは黒髪のクピドの制作者だろう。自宅から姿を消したDは、彼の幻影を追って旅をしているのではないか。

なんのために。

そんなことを考えながら、陶子は眠りについた。

三

骨董の世界で生きてゆく。

陶子にそのことを決意させたのが、たとえば一個の古茶碗であったとしたら。あるいは西洋アンティークの逸品であったとしたら、人生はもっと劇的で、誰かにそのことを誇らしげに話す機会もあったかもしれない。けれど現実はもっと単純で、しかもシビアだった。ガレージセールで買い求めた茶碗は、陶子に漠然とした方向性を示してはくれたが、それは今の旗師としての現実の生活とはかけ離れた、甘い夢でしかなかった。

素人《しろうと》が参加できる骨董市をのぞいても、商売になりうる商品にはなかなか出会うものではない。陶磁器にせよ掛け軸にせよ、大半は二束三文のがらくたであったし、箱書きも銘も、信用できるものなどほとんどなかったといって良い。素人に一攫千金《いっかくせんきん》の夢を見させてはくれても、現実にはそれを決して許さないのがこの世界の暗黙のルールであることを、まもなく陶子は知る。お宝とは、正当な価値に対して、正当な値段がつけられた古美術・骨董であり、そこに個人の価値観が絡むことによって売却益が生まれるのだと、裏も表も含めて、この世界の住人は陶子に教えてくれた。

言葉にすればただそれだけのことだが、痛い傷も数多く負わされた。「目が利く・利かない」が全てのこの世界で、生き抜くための術《すべ》が、そうして身に付いていった。やがて離婚を機に古物商の鑑札を取得し、《冬狐堂》を名乗るようになって今に至るが、それでもいっときたりと気を抜いたことはない。値の読み違い。瑕瑾《かきん》の見落とし。落とし穴はどこにでも用意されているし、悪意をむき出しにした罠《わな》もまた然り。目さえ利けば、商品を自由に回転させることができる。商品が回転すれば資金も自然と潤沢《じゅんたく》となる。古美術・骨董の世界で生きるためには、「良い方向に転がり続ける」ことが大切なのである。

ところが一人前に目端《めはし》が利くようになると、そこにもまた落とし穴が待っている。眼に「おりものが澱《よど》んだ」「垢《あか》がついた」といわれるのはそのことで、美意識をより正確に金銭価値に変換することが使命の骨董業者が、いつの間にか己の美意識を忘れ、目先で回転する資金にのみ溺《おぼ》れることをいう。競り落とした品物の保存状態が完全であればなんの問題もないが、古民具などの場合は多少の損傷は日常茶飯事である。そうした場合、陶子ならば専門家にいったんは預けて、満足のゆく修復を施した後、別の業者に持ち込むことにしている。目先の金銭を考えれば、これほど手間暇のかかる作業はない。当然の事ながら修復にかかる費用は持ち出しとなる。ならば傷がわからぬように小手先の細工を施し、最小限のコストで商品を回転させる方が、「業者として優秀である」と考える輩《やから》が当然の事ながら現れる。陶子にしたところで、適切な修復師が見つからなければ、そのまま別業者に持ち込むこともある。けれどあくまでも傷は傷として認め、それらを織り込んだうえでの値段交渉を行うのである。

だから我は善なりと、胸を張るつもりは毛頭ない。そうすることでのみ、なにかのきっかけで萎《な》えそうになる己の矜持や信義といったものを保っているだけのことだ。

小倉での頒布会——競り市——は、ごく簡単にすませるつもりだったが、午後の競りに面白いものが出ると耳にしては、素通りすることはできなかった。

有田の膾碗《なますわん》五客揃い。しかも染錦の具合がまことによろしいらしい。

出品者の指し値は二十（万円）。たぶん初値の発句が八あたりから始まるのではないか。

そうした噂《うわさ》が、午前中の競りが終わると同時に流れるのを耳にしながら、陶子は参加者の顔ぶれに注意した。

ただの商取引である競りの場を、生臭い化け物に変えるのは所詮《しょせん》は人の業のなせる技《わざ》だ。

参加者の顔ぶれがそれを決める。より深い業を宿した顔。眼におりものを澱ませた顔。注意深く参加者を観察したうえで、陶子はあっさりと午後の競りを諦めた。

会場に、およそ似つかわしくない男の顔があった。瓜実顔《うりざね》とでもいうのだろうか。ひどく古風で、見ようによっては典雅ですらある。その白い頬に、白粉でも塗りたくったらさぞ似合うのではないか。おまけに唇が、気持ちの悪いほど赤い。周囲から頭ひとつ分抜きんでて背が高いために、容貌《ようぼう》がひどく目立つのである。発会当初は見かけなかったから、午後からの参加なのだろう。

——となると。

男の目的はひとつしかない。例の膾碗五客揃い。出品者が別の業者であることはすでにわかっているから、陶子の予想は外れるはずがなかった。

——輝凜堂《きりん》……三田村晋也か。どうしてあの男が。

なにかとトラブルが多い骨董業者であることは、以前から陶子も耳にしている。その「誠実な詐欺師」とでもいいたくなるような仕事ぶりは、ある種の業者にとっては危険きわまりない人物、別の種類の業者には成功の法則を全て知り尽くした奇跡の目利き師として知られている。毀誉褒貶《きよほうへん》が多いながらも三田村に対して誰もが一目置くのは、やはりその手腕の冴え、目利きの確かさには定評があるからだ。八の評価の骨董に十の価値を与え、十二の価格でもって売りさばく。骨董業者ならば誰もが使う手法が、三田村の手にかかるとたんに胡散臭《うさんくさ》いものとなる。

輝凜堂で購入した古瀬戸のぐい飲みだが、どうも姿形に違和感がある。贋作《がんさく》とは思えないし、焼きのしまり具合、釉薬《ゆうやく》ののり具合も上々吉。だが、どこかが違う気がする。そう感じたさるコレクターが別の業者へと持ち込んだところ、「これは、もともと香炉ですな」と指摘され、唖然《あぜん》、憮然《ぶぜん》として、輝凜堂に品物を突っ返したという。しかし話はこれで終わらない。その数ヶ月後、別のコレクターの元に届けられた桐箱には「古瀬戸茶入れ」と書かれた和紙が貼り付けられていた。中身はちょうど具合の良い象牙《ぞうげ》の蓋が取り付けられた、例のぐい飲みであったという。

輝凜堂にかかると、陶器まで転職してしまう。

三田村晋也とは、そうしたエピソードに事欠かない人物である。

あるいは、いつもの陶子ならば、そうしたことを踏まえてなお、競りに参加していたかもしれない。けれど今回の旅の目的は、失踪《しっそう》したDを捜し出すことにある。いわば競り市は余芸にすぎない。

――なによりも。

「今はあの男に関わるべきではない」

そうつぶやいて、会場をあとにした。

翌日から、セドリの高間から教えられた古書店をしらみつぶしに当たることにした。

一軒目は住吉神社の裏手、住吉通から路地に入った場所にある店。主人にDの顔写真を見せると、「ああこの人、確かにきんさったとですよ」とすぐに反応が返ってきた。

「彼は、どんな本を買ってゆきましたか」

「そこの棚ば、小一時間も探しとったとですよ」

主人が指さす棚には、北九州の風俗、伝統工芸、歴史関係の書籍が並んでいる。

黒髪のクピド、そして辻本伊作。

二つのキーワードをたぐると、例の人形の作者が辻本某なる人物であること、そしてDが彼の足跡を追っていることが推測される。だからこそDは、なんらかの伝手《つて》を使ってセドリの高間に連絡を取り、近隣の古書店の情報を得たのではないか。ならば、逆にDが買い求めた書籍さえわかれば、次の足跡を知ることができる。

「博多人形に関する書籍を買っていきませんでしたか」

「いや、ずいぶんと熱心に探しておられたばってん……」

「なにも買ってはいかなかった」

「せっかくだからといって、博多ん古か地図ば買っていきんさったとですよ」

「彼は訊《たず》ねませんでしたか。辻本伊作という名の人形師について」

「ああ、そういうたら！」

主人の話によれば、Dは来店するなり、自分は明治期の博多人形について調べている。ついては辻本という名の人形師に心当たりはないか、と訊ねたという。

「心当たりはあったのですか」

「いやア、聞いたことはなかねえ」

ほぼ同じ会話が、次の店、また次の店でも繰り返された。

炎天下、一日歩き回ると、陶子の気力と体力はほぼ完全に消耗された。なんの収穫もなくホテルに戻るや、着替えるゆとりもなくベッドに倒れ込んだ。

杉美咲がいる。

待ち合わせの喫茶店で、注文したオレンジジュースに手をつけようともせずに、じっと陶子を凝視《ぎょうし》している。目尻に浮かんだ年齢は三十歳前後を示しているが、あるいはもっと年上かもしれない。化粧が厚いというわけではなく、その髪型、服装が、印象を若やいだものに見せている。

電話では詳しいことを伺うことができませんでした。いったいDの身になにがあったのですか。彼は一昨年定年で大学の一線を退いてからは、名誉教授として非常勤の勤務に就いていたはずですが。自宅から失踪《しっそう》したというのは、どういうことでしょうか。大学にはなんの連絡も入っていないのですか。

矢継ぎ早に訊ねる陶子に対して、美咲からの回答はなにもない。

「どうして、わたしのところに」

かつて夫婦関係にあったとはいえ、すでに十五年以上も前の話である。以来、まったく親交が途絶えているといえば嘘になるが、少なくともそこに男女の情愛や、甘い感情が入り込む隙間はない。むしろ結婚前の、師弟関係に近い間柄であった。なればこその「どうして」である。すると、ようやく口を開いた美咲が、

「あなたのせいです」

といった。

「わたしとDとは、今はもう」

「あなたは、D先生の依頼を受けて古い人形を手に入れました」

「それは、たしかに」

「あれから彼は変わってしまったんです」

「話がよく見えませんね」

美咲の「彼」という言い回しも、陶子には気になった。そもそも杉美咲とは何者なのか。プロフェッサーDとどのような関係にあるのか。

そのことを問うと、美咲の頬に微《かす》かな、翳《かげ》りとも笑みともとれる表情が走って、すぐに消えた。

「わたし、D先生と一緒に英国にゆくつもりです」

「それは、どうも」

「先生はおっしゃいました。この国にもう未練はないと。祖国に戻って、余生をゆっくりと過ごしたいと」

あまりに唐突な言葉だった。

——Dが英国に帰る。それも余生を過ごすために！

だからどうかDを捜し出して欲しい。彼をわたしの元に返して欲しい。あなたにはそうする義務がある。そう言い募《つの》る美咲の言葉の強さに、陶子は知らず知らずのうちに頷いていた。

そのときの美咲の姿が、この旅についてまわっている。食事の最中、軽く酔って街を歩いている途中、そしてまどろみの内側にまで、美咲の姿がついてまわっている。嫉妬《しっと》ではないし、失望でもない。ましてや、杉美咲に命令されたわけでもない。陶子は自らの意思で、Dを捜す旅に出たのである。Dが探し求めたものを、確かめるために。それでも杉美咲の幻影は、陶子から離れようとはしなかった。

浅いまどろみから陶子を現実に引き戻したのは、腋《わき》の下、胸の谷間をしっとりと濡らす寝汗だった。腕時計を見て、三時間ほど意識を失っていたことを知った。

背中に二度、三度と悪寒が走る。耳のすぐ下に指をあてると、生硬い感触があった。

――まずいな、これは。

体調を崩《くず》しつつあることは明らかだった。

すぐに衣服を脱ぎ、熱めのシャワーを簡単に浴びて、陶子は携帯用のピルケースから鎮痛剤を取り出した。規定量の倍の錠剤を嚥下《えんか》する。

旗師の仕事は孤立無援といって良い。しかも旅は日常業務のひとつでもある。その最中にあっては己の肉体を冷静に観察し、状態によって最善の処置を行わねばならない。ことに注意しなければならないのが、発熱である。体力を急激に消耗するばかりでなく、発熱はあらゆる疾患の予兆でもあるからだ。倍量の鎮痛剤は、長い旅暮らしの中から得た、知恵のひとつでもあった。

三十分ほどすると背筋の悪寒が収まり、腹の辺りから柔らかな浮遊感が生まれた。そのまま横になり、エアコンのスイッチを切って、布団をかぶる。

眠りにつきながら、輝凜堂・三田村晋也のことを考えた。

あの男が小倉の頒布会に参加していたのは、果たして偶然や否や。

「違うな、絶対に偶然ではあり得ない」

乾きかけた唇でつぶやくと、耳の下の腫れがずきんと疼《うず》いた。それはあたかも、あまり面白くない現実が目の前に迫りつつあることを予見するかのような、痛みだった。

Dの依頼を受けた当初から、陶子にはひとつの疑問があった。Dは人形研究家であり、陶子に美学のなんたるかを教え込んでくれた師匠でもある。決して古美術・骨董と無縁の世界に生きているわけではないが、彼が積極的にこの世界に接触するとはどうしても思えなかった。

　では、川崎の競り市に例の人形が出品されることを、Dはどこで知り得たのだろうか。昨今のお宝ブームとやらで、半素人が市に出入りする機会はたしかに多くなった。けれど基本的に競り市は排他的な空間である。パイの大きさが決まっている以上、食い合うライバルは少ない方が良いと、誰しも思う。陶子にしたところで、その考えに異論を唱えようとは思わない。競り市の前に頒布される事前カタログにしたところで、ごく限られた業者、あるいは蒐集家の元に届けられるのみで、誰彼なしに手に入れられるものではない。

　誰かがDに情報を与えたに違いない。

　それとなく調べた結果、浮かび上がったのが三田村の名前だった。こうしたことを隠すには、古美術・骨董の世界はあまりに狭すぎる。世田谷に店舗を持つ同業者が、数ヶ月前からDの元を、輝凜堂店主が頻繁に訪れていることを陶子に教えてくれた。

　あんたの元旦那にそれとなく注意してあげた方がいいんじゃないかね。輝凜堂とのつきあいはほどほどにしなって。そのうち、しなくていい火傷《やけど》をするのがオチだってね。

　同業者の言葉が、今も胸の中に刻み込まれている。

　三田村のような男がなんの思惑《おもわく》もなしに、Dに近づくことは先ずあり得ない。ましてや無報酬で競り市の情報をもたらすはずがないし、必要とあらば自らの手で人形を競り落とし、Dへと転売するのではないか。

三田村はなにかを企《たくら》んでいる。

陶子はその「なにか」を考え続けた。

## 四

手がかりはもう一つ、根岸の報告書の中にあった。

Dが博多人形の工房を訪れていると、書かれていたのである。そのことは、調査報告書を受け取る前から、ある意味で予測していたことでもあった。

杉美咲の口から「D先生は博多にゆくといったまま行方《ゆくえ》が知れなくなった」と聞いたときから、漠然とではあるが、博多人形の工房を訪れるDの姿を思い浮かべていたのである。さらにセドリの高間から、彼が古い博多人形の資料を欲していたことを、そしてDは辻本伊作を明治期もしくは大正期の博多人形師であると推測していたことを聞いている。

一方で、胸の裡に微かな疑問が湧いたことも事実であった。

陶子は人形の実物を見ている。恐ろしいまでに写実的な少女人形の顔かたちまで、はっきりと記憶に再現することができる。

──あれは断じて博多人形などではない。

博多人形の名は、土人形の代表として全国に知られている。粘土で作られた原型を元に石膏《せっこう》型を作り、鋳型をとる要領で人形は作られる。素焼きされた人形には胡粉《ごふん》がかけられ、その上から彩色が施されるのである。できあがった作品は独特の柔らかみを持ち、勇壮な武者人形にさえも、優美な印象がある。

川崎の競り市で落とした人形には、そのような柔らかさは、どこにも感じられなかった。

Dほどの審美眼の持ち主が、なにを根拠に博多人形師の手による作と断じたのか。膨れあがる新たな疑問は、陶子自身が博多人形の工房を訪れる以外に、答えを見つける術を与えなかった。

まる一日。身体を十分にホテルで休めて、行動に移った。Dが訪れたのは中洲《なかす》近くにある人形工房である。あらかじめ電話で連絡を入れると、「見学はいつでも歓迎です」という、快活な答えが返ってきた。

地下鉄の駅から歩いて十分ほどの場所に、工房はあった。

工房といっても、建物にも設備にも古めかしさはない。むしろ近代工場とでもいいたいような様子だが、案内に立った青年によれば「やっていることは、大昔となんら変わらない」のだそうだ。

「一般的に人形師というのは」

と訊ねたのは、工房内の作業が完全に分業化されていたからだ。原型を作る職人。型を抜く職人。素焼きをする、彩色仕上げをする、それぞれに分担されていて、「人形作家あるいは人形師」というイメージが、希薄に感じられた。すると眉村と名乗った青年は、鼻の横のあたりを搔《か》き、「難しい質問ですね」と、いった。

「すみません、失礼なことをいって」

「いや、良いのですよ。そのことについてはぼくも疑問を抱かないわけじゃないんです」

本来人形師とは、原型から彩色まで全てを一人で仕上げるべきではないのか。作家とはそうしたものであろうし、現在工房で行われているのは単なる職人仕事にすぎない。

眉村はそういって、

「ところがですね。博多人形には伝統的に分業の体制ができあがっているのですよ」

「伝統的に？」

「原型から石膏型をとる段階で、すでに量産の思想が入っているからです」

「そういうことですか」

「ひとつの石膏型から作られる人形は約五十体。原型さえあれば石膏型はいくつでも作ることができます」

「それで……量産の思想ですか」

「中には、全ての作業を一人で行っている人形師もいるのです」

「個人的に、ですか」

「たぶんそうした人々こそ、本当の人形師なのでしょうねえ」

一通り工房内を見学した後、陶子はDの顔写真を取り出し、眉村に見せた。

「やはり、見学に来たはずなんですが」

「よく覚えていますよ。D先生でしょ。彼の著作はほとんど読んでいましたからね。見学に来たい旨の電話を受けたときには、信じられない思いでした」

「なにか、いっていませんでしたか」

「人形を見せられました。ちょっと勘弁して欲しい感じの、気味の悪い人形でしたねえ」

「それで彼はなんと」

「辻本伊作という名の人形師のことを知りたいとおっしゃいましたよ」

眉村の働く工房は博多に現存する人形工房で、もっとも歴史が古いという。もしかしたら辻本伊作に関する資料が残されているのではないか。あるいは彼のことを知る人物が、まだいるのではないか。

Dは、眉村にそのようなことを訊ねたという。

「しかし、うちでもっとも古参の職人も、辻本という名前には覚えがありませんでしてね」

「そうですか」

「なによりも」

と、眉村が額のあたりをこつこつと打った。

「どうかしましたか」

「あっいや、その職人がいうんですよ。博多人形は土人形だって」

「そうですねえ」

「でもあの人形は違う。あれは磁器土だって」

「それはたしかですか」

「間違いないでしょう。土をいじって四十年の大ベテランですから」

「ええ。驚いておられましたよ。まさかそんなことがあるのか、みたいな顔をされてね」

「そのことはDも？」

磁器土とは、陶石を風化させ、砕いて粉末化したものをさらに水に曝《さら》して粘土化したものである。一般には、磁器の原料として知られている。

Dが驚くのも無理はなかった。磁器人形の存在がないではない。しかし、あくまでもそれは人形らしい人形であって、Dが「黒髪のクピド」と呼ぶ少女とは、全くの別物だからだ。

Dの驚愕《きょうがく》は、陶子の戸惑いでもあった。

その夜。陶子は冷泉公園脇の屋台に足を向けた。長椅子に腰を下ろすや、「嬉しかねえ」と、根岸が大きな声をあげた。

「バーボンソーダを」

「濃いめで、よろしかとですね」

「お任せします」

調査報告書の礼をいうと、「こちらこそ過分にいただいてしもうて」と、ふと声のトーンを落とすように、根岸が応えた。

ロンググラスの中でマドラーをまわす手つきも、どことなくぎこちない。できあがったバーボンソーダを差し出しながら、

「あの、高間とかいう男……」

「どうかしましたか」

「あまり、面白くない動きば見せとうとですよ」

「かなり、癖《くせ》のある人物とみましたが」

「セドリの腕はたいしたモンばってん、性根が悪かとです」

根岸が、なかば吐き捨てるようにいった。

博多のみならず、福岡市内の古物商に密かに探りを入れているらしい。そればかりではない。冬狐堂に関する良くない噂話も、尾ひれに背びれまでつけて流布してくれているという。

「あれはとんでもない女狐やけん騙《だま》されんごたある、ちゅうてね」

「女狐はひどいですね」

「とにかく、あの男には注意ばせんと」

「親切なんですね、根岸さん」

そういうと根岸は、

「うちは、万全のアフターフォローがモットーですけん」

大袈裟《おおげさ》に胸を張った。

そのとき、陶子の右隣にふわりと風が舞い降りた。そうとしか思えない感触で、男が座った。

「初めまして、というべきですかね」

「そうですね」

「小倉の頒布会では残念でした。一戦交えることができると、楽しみにしていましたが」

「あいにくと手持ちの資金がつきてしまいまして」

「冬狐堂さんらしくもない」

男の赤い唇が、艶然《えんぜん》と笑って、お隣と同じ飲み物をと、注文した。

輝凜堂主人、三田村晋也の古風ともいえる着物姿に、陶子は名状しがたい違和感を覚えた。藍の生地に経糸《たていと》ばかりが目立って見えるのは博多織の特徴だろう。着こなしにも一分の隙もないのだが、それがかえって嫌らしく感じられるのは、あながち先入観故のことばかりではないようだ。

「幻の人形師のことは、わかりましたか」

「やはり、あなたでしたか。Dに人形の情報を吹き込んだのは」

「頼まれていたのですよ。辻本伊作の人形について情報がほしいと」

嘘だと、言葉が唇の外に出そうになるのを、陶子はこらえた。

本当にDが辻本伊作の人形を欲していたなら、先ず陶子に相談するのではないか。

――いや……!?

たしかにDは、陶子に相談しているのである。人形をどうしても競り落としてほしいと。錯綜《さくそう》する人間関係の中で、どこかに余分な存在がある。

Dと三田村の関係を優先的に考えれば、陶子自身が余分ではないか。

Dと美咲との関係を考えても、やはり余分な存在は陶子である。

けれど現実には、陶子は博多の地でDの姿を追い求めている。

激しい矛盾が生じていることを実感せずにはいられなかった。

「ところであの人形ですが、どう思われましたか」

「誰かモデルがいるのでしょうね」

「おっしゃる通りです」

けれど問題は、と赤い唇が言葉を続けた。

「誰があの人形を作ったかではないのですよ」

「辻本伊作の意思など関係ない、と？」

「ああ、彼は実に優秀な職人です。仕事に忠実な。けれど大切なのは、彼ではない。あの人形が、なぜ作られねばならなかったか、なのですよ」

三田村晋也が、陶子ではなく屋台の向こうに広がる闇を見つめながら、いった。

意外なことだが、人形が美術品としての正当な評価を受けるのは、昭和になってからであるといわれる。吉徳十世・山田徳兵衛らにより昭和五年に設立された童宝美術院がきっかけとなり、人形職人はそれまでの玩具製作者の立場を離れて美術・工芸作家の地位を手に入れることができたという。

長きにわたり、人形は玩具にすぎなかったからこそ、その価値を認められなかった。

「果たしてそうだろうか」

ホテルの部屋で、ロックグラスを片手に陶子は、自らに問いかけた。

人形には「ひとかた」の読み方が存在するように、いにしえより呪術の道具としての機能が備えられている。「人の形をしたもの」として、ときに本人に降りかかるであろう災いを身代わりとなって受け、ときに本人の写し身となって、呪術の対象となることもありうる。そうした一面が、人形を美術品としてみる眼を、歪め続けた歴史がありはしないだろうか。

「人形は人……そして人は人形」

グラスに満たしたワイルドターキーをひと舐《な》めして、「癖になったかもね」と、陶子はつぶやいた。

江戸時代の末期から明治期にかけて、「生き人形」は爆発的な勢いで人口に膾炙《かいしゃ》する。その名の示す通り、「生けるが如く」作られた人形は、主として見世物興行の花形として、人々の耳目を釘付けにした。中でも天才人形師の名を恣《ほしいまま》にした松本喜三郎の作品は、各地で大きな評判をとったといわれる。そもそも「生き人形」なる言葉を生みだしたのも、彼であったとされる。顔立ちや体つきはいうに及ばず、手足の長さ、形状、指の寸法から爪の形に至るまで、正確に採寸したうえで作られた人形は、まさに生けるが如き姿を人々の前にさらし、驚嘆させた。

けれど、そうした隆盛の日々は長くは続かない。後に人間国宝となる平田郷陽《ひらたごうよう》をはじめとして、幾人かの人形師が生き人形の技を伝えるも、そこには常に影なるものの空気がまとわりついているような気がしてならなかった。後ろめたさと言い換えても良いのかもしれない。神ならぬ身の人間が、出産という手段以外の方法で生命体を作ることへの罪悪感。禁忌《きんき》の技たる人造人間制作、クローン技術といった人類が触れることを許されない世界に、半歩足を踏み入れる行為が、生き人形制作ではないのか。江戸時代の末期から明治期という混迷の時代だったからこそ、人々の狂気と熱情は禁忌の領域を求め、驚喜した。それが覚めてしまえば、あとに残るのは後悔と恐怖でしかない。己を見つめる生き人形の眼の中に、罪人への呪詛《じゅそ》が見えはしなかっただろうか。

事実、生き人形の多くは廃棄され、あるいは海を渡って保存されている。松本喜三郎の作品が、アメリカのスミソニアン博物館やオランダのライデン博物館にいくつも保存されているのは、そのためだ。

幻視の向こうに、陶子はDの後ろ姿を見ていた。

黒髪のクピドと命名した人形を抱え、旅するDの姿である。その横に人影が寄り添うように歩いているのは、杉美咲だった。

――ナゼ、アナタガソコニイル。

陶子は幻視をやめなかった。目を背けることもしない。

幻視に終止符を打ってくれたのは、携帯電話の着信音だった。

「ああ、冬狐堂さん。おやすみではなかったですか」

「まさか、それほど優等生ではありません」

電話の主は、雅蘭堂《がらんどう》の越名《こしな》だった。

「さっそくですが、あなたから頼まれていた例の件」

「なにか、わかりましたか」

「それが……ねえ。思わしくないのですよ」

「やはり、わかりませんか」

博多に旅立つ前に下北沢の雅蘭堂を訪ねた陶子が、主人の越名集治《しゅうじ》に頼んでおいたのは、川崎の競り市で例の人形を出品した人間の素性について、だった。直接の出品は鎌倉の同業者だが、その背後に別に依頼者がいることは、すぐにわかった。二、三の市を回り、かれこれこのような人形が市場に出回ったことはあるか。話に聞いたことはないかと訊ねた結果、人形は極めてウブい品物であることが判明したからだ。ウブい、すなわち他の業者の手垢に汚れていない。ということは誰かが鎌倉の同業者を使って、市に出品したということに他ならない。その「誰か」が知りたかった。

「鎌倉の業者というのが、これがまた昔気質の頑固者で」

「頑固でしかも、古狸《ふるだぬき》」

「狐に古狸といわれちゃあ、あのじいさんも可哀想だが」

旧知の間柄ではないにせよ、たびたび競り市で顔を合わせることの多かった越名が、依頼主について尋ねても、鎌倉の男はがんとして口を割ろうとはしなかったという。

あれは自分が横浜の旧家で見つけたものだと言い張ったそうだ。

「そんなことはないはずなんだ。だいたいあの男が人形を扱ったことなど、一度としてないんだから」

「やっぱり相当な古狸ですね」

「いろいろと手練手管を使ってはみたのですが」

「雅蘭堂さんでもわかりませんでしたか」

「おや、冬狐堂さんはこうなることを予想していたようだ」

「そんなことはありませんが」

そんなことはないといいながら、陶子は胸の裡でぺろりと赤い舌を出した。

雅蘭堂・越名集治の勘の良さに、改めて感心もした。

たぶん、鎌倉の同業者の背後に誰がいるか、越名でもわからないだろう。確かにそう予想していたのである。わからないからこそわかることもある。

──十中八九……あの人形を競り市に持ち込んだのは。

輝凜堂の三田村晋也であろうと、陶子は確信した。

五

有田から伊万里をまわってみませんか。

陶子を誘ったのは博多人形の工房で会った眉村だった。ホテルで目覚めて、ルームサービスの朝食を食べ終えたところへ、内線電話が鳴った。フロントから「眉村様からお電話です」といわれても、その名前から人形工房であった青年の顔を思い出すまでに、しばらく時間を要した。

「有田に伊万里……ですか」

「ええ。例の人形が磁器土で作られていたと、いいましたよね」

「なるほど、それで伊万里ですか」

「D先生ほどの方ならば、きっと磁器土を調べたと思うのですよ」

あるいは有田・伊万里焼の工房を、と電話の向こう側で眉村はいった。

「ちょうど今日は、うちの工房が休みなのですよ」

「じゃあ、眉村さんが案内を？」

「ぼくも興味があるのです。あの人形、ただ者じゃありませんから」

「ただ者じゃない、は良かったですね」

博多から伊万里まではJR筑肥《ちくひ》線・唐津線を使えば二時間半ほどの行程である。受話器を握ったまま、一方の手で携帯電話のコンテンツを使って調べると、ちょうど三十分後に博多発の電車がある。現地で待ち合わせをしましょうと提案すると、「ぼくがクルマを出しますよ」と、軽快な声で眉村がいった。

有田・伊万里の焼き物の歴史は豊臣秀吉による朝鮮出兵にまで遡《さかのぼ》ることができる。龍造寺家の重臣である鍋島直茂は、朝鮮から多くの陶工集団を連れ帰ったとされ、中でも有名なのが金ケ江《かながえ》三兵衛《さんべえ》——朝鮮名・李参平——である。やがて三兵衛は山間部の東部地区で良質の陶石が産出されることを発見。こうして有田における磁器生産が始まった。

伊万里へと向かう車中で、眉村が語る説明は、陶子にとってひどく退屈なものだった。陶磁器を扱うことの多い陶子にとって、基礎的な知識は頭に入っているし、歴史的な蘊蓄《うんちく》を並べられても興味はいっこうに湧かない。それでも愛想良く相づちを打ってみせたのは、運転手兼案内人を買って出てくれた眉村への感謝を表すためだった。

「ずいぶんとお詳しいんですね」

「いやァ、一夜漬けのたまものです」

長崎本線沿いの道をくだり、途中から国道三十四号線、三十五号線を経て有田に到着。真っ先に眉村が案内してくれたのが、泉山磁石場だった。

「有田焼の全てはここから始まりました」

「というと、金ヶ江三兵衛が発見した磁石場ですか」

「はい。近くには参考館もありますし、歴史民俗資料館もあります」

あとでまわってみましょうといい、眉村は歩き出した。

四百年にわたって採掘が行われた山肌は、あちらこちらに白い地肌がむき出しになっていて歩きやすい道のりではない。決して踵《かかと》の高い靴を履くことのない陶子だが、それでも幾度か足がもつれそうになった。

「大丈夫ですか」

「ええ。それにしても」

それだけいって、陶子は口にすべき言葉を失った。

凄《すさ》まじいばかりの荒涼が、そこここに滲《にじ》んでいる。陶石という材料を岩脈から吐き出すことで多くの名品を生みだし、吐き出し尽くしてうち捨てられた故の荒涼、である。有田で磁器が焼かれ始めたのは十七世紀初頭。その当時はまだ技術も未熟で、器そのものも厚手であったという。やがて有田焼は独自のシャープなフォルムを得て、現在に至る。そういってしまえばどこにでもありがちな技術の成長譚《たん》だが、進化の過程には職人たちの屍《しかばね》が累々と横たわっている。磁石場に転がる岩石は、彼らの骸《むくろ》そのものだ。

「磁石場は、江戸時代には土場とも呼ばれていて、厳しく管理されていたそうです」

「有田焼の生命線ですからね」

「土場番所が置かれ、陶石の持ち出しにはことさら厳しかったとか」

厳重な管理のもと、運び出された陶石は半年から一年の間、風通しの良い場所に放置され、その後に流水を利用した「水碓」によって粉砕《ふんさい》される。と、江戸時代の資料にはあるが「水碓」をどのように読むかは、わかっていない。粉末をさらにふるいにかけた微粉末が「はたり粉」。微粉末は水槽で濾《こ》され、火力によって水分を奪われた後、再び水を加えられて「素地土」となる。

そうしたことを、歴史民俗資料館へと向かう道々、眉村が教えてくれた。

淡々とした口調に、陶子はいつしか聞き入っていた。

当たり前のことだが、旗師は販売業であって制作業ではない。すべての価値は完成品にのみ与えられ、器物にどれほどの執念が込められていようとそれを顧みることはない。一方で、古美術・骨董業者に必要とされる鑑定眼、審美眼は、職人の業と技とを正確に読みとる能力がなければ意味がないとも、いわれている。

素地土を作るために費やされる数々の工程と技術は、まさしく有田焼の完成度を高めるために費やされた、職人たちの屍の歴史でもあった。

「面白い街ですよ、ここは」

「面白い？」

「今でも川底には、べんじゃらぎれが無数に落ちています」

「なんですか、それは」

「製品にならなかった陶片ですよ」

べんじゃらぎれそのものはただの陶片にすぎないが、そこから多くのことがわかると、眉村がいった。土の組成、釉薬の成分、釜の焼成《しょうせい》温度。陶片と化してしまったのにはそれぞれ理由もあろうが、最も多いのが焼成時の失敗である。熱に洗われ、縮小してしまったがための失敗。土の練り方による失敗。釉薬との相性の悪さが原因の失敗。べんじゃらぎれは、職人の過去の過ちを通していくつものことを教えてくれる。

「有田焼も当初は失敗続きだったそうです」

そのことは、古い窯跡から見つかる陶片の多さからも察することができると、眉村はいった。十七世紀初頭の窯跡からは、驚くほど大量の陶片が見つかるという。

「どうやら昔は、作った器を天日干しにして絵付けなり釉薬を施し、そのまま焼いていたそうです」

「ああ、素焼きをしなかったのですね」

「生掛け焼成というそうですよ。するとどうしても焼成時の焼き縮みが生じますから」

「そうしたことも、陶片からわかるのですか」

「陶片こそは一番の師匠だ、といって憚《はばか》らぬ職人もいるそうです」

「確かに興味深いお話ですね」

「歴史民俗資料館にも、古いべんじゃらぎれが展示されていますよ」

その言葉の通り、資料館に足を踏み入れると、陶子は宝石にも似た陶片に目を奪われた。

「ちょっと事務所で話を聞いてきますよ」と立ち去る眉村に生返事を投げ、陶子は展示ケースに顔を近づけた。

実は古美術・骨董の世界でも陶片が扱われないわけではない。高台さえしっかりとしていれば別の器として用いることができるし、今では珍品とされる焼き物ならば、美術品としての価値も生まれる。たとえば唐津の絵皿である。絵筆の筆致がはっきりと鑑賞できるものであれば、数万円で取引されることもある。陶器職人の技にではなく、絵付け師たちの技に評価が与えられるのである。

ただし、陶子はこれまで陶片を扱ったことがない。数センチ四方の欠片《かけら》から想像力の翼を駆使し、全体像を頭の中で愛でることに興味を覚えなかったせいだが、資料館で眼にした陶片がそのことを激しく後悔させた。

ついには完成に至らなかった器物には、あるいは未完成の烙印《らくいん》を押されて砕かれた器物には、破壊されたもののみが持つ退廃の美しさがあった。こうした陶片を百ばかりも蒐集し、毎夜一片一片を眺めながらワインでも飲んだら、さぞ気持ちが良いのではないか。色絵大皿の陶片にはボディーの強いルージュを。良品の鍋島の陶片にはよく冷やしたモーゼルが合いそうだ。

Dのことが一瞬、頭の中から消えかかったが、陶子はすぐに現実に引き戻された。

展示された陶片のひとつが、両の眼から動きを奪ってしまった。

「どうかしましたか」

戻ってきた眉村の問いかけに、答えることさえできなかった。

「……………」

「ああ、面白いものに目をつけられましたね」

陶片には「陶胎染付《とうたいそめつけ》」と書かれたカードが添えられている。

「陶胎染付とは、いったい」

「非常に珍しい技法ですよ。陶器と磁器との技術をコラボレーションしたもの、とでもいうのでしょうかね」

陶胎染付の素地土となるのは、陶器用の粘土である。器を成形した後に白化粧土と呼ばれる磁器土を上からかけて釉薬を施し、焼成したものだそうだ。

そうした眉村の説明は、陶子の右の耳から左の耳へと抜けて、どこかに消えていった。——似ている……！

黒髪のクピドはその肌色までも正確に、表現されていた。そして目の前にある陶胎染付こそは、紛れもなく黒髪のクピドの肌合いそのものだった。

眉村が予測したように、やはりDは有田町歴史民俗資料館を訪れていた。

「しかも、宇佐見さん同様、陶胎染付にいたく興味を示して学芸員にあれこれ質問をしたそうです」

「そうですか」

すべては当然ともいえる報告だった。

Dの旅路の目的は黒髪のクピドに込められた謎を解き明かすことにあるのだろう。その途上に当資料館を訪れたとするなら、陶胎染付の陶片を見過ごすことなど、あり得るはずがない。

「もう少し詳しい話をお聞きになりますか。ここの学芸員に」

「いいえ、もう結構です」

「ああ、それから辻本伊作のことも尋ねてみました」

「なにか、わかりましたか」

「本人についての情報はなにもありません。けれど」

そういって眉村が、小首を傾《かし》げた。

「どうかしましたか」

「D先生が、やはり同じ質問をされたそうです。学芸員がそのような名前には聞き覚えがないと答えると、今度は有田焼の技法とその歴史が知りたいとおっしゃったとか」

「それは変ですね。技法については納得できるけれど」

「でしょう。別に江戸時代の有田焼を再現するつもりでもないでしょうに」

　そのとき陶子の脳裏に、刹那《せつな》の光が走った。けれど光の軌跡《きせき》を追うにはあまりにも瞬間的で、なにが見えたのかよくわからなかった。

　幻の人形師・辻本伊作。彼は誰のために黒髪のクピドを仕上げたのだろうか。なんのためにクピドは作られたのだろうか。三田村晋也はどこでクピドを手に入れたのだろうか。プロフェッサーDは、今どこで、なにを追い求めているのだろうか。

　再び光が走った。今度は先ほどよりも明確に。より輝度の高い、鮮烈な数条の光を、陶子は感じた。

　ひとつの光は、生掛け焼成から素焼きを経た焼成へと至る、道のりを示しているようだ。

　ひとつの光は陶胎染付を示している。

　最後の光は、言葉だった。

「……スク……」

「なにかいいましたか、宇佐見さん」

「まさか、そんなことがあり得るだろうか」

「どうしたのですか」

「技術的には可能かもしれない」

「だから！」

「黒髪のクピドは、もしかしたら」

ビスクドール。

最後の光が指し示した単語を口にするまでに、ひどく長い時間が流れた気がした。

目の前に並べられた料理に手をつける気にもなれず、陶子はときおり盃の中身を舐めながら考え込んだ。

「どうしたんですか、宇佐見さん。博多にきたら近海物の魚を食べないと」

眉村はしきりに勧めるが、食欲は少しも湧かない。博多に夕刻戻ってきて、夕食でもという彼の誘いを受けたのは、人形工房に勤める職人としての意見を聞きたかったからだ。

「どう思います、眉村さんは」

「先ほどのお話ですか。ちょっとにわかには、ねえ」

「やはり荒唐無稽《こうとうむけい》でしょうか」

「明治の初期に、陶胎染付の技法を用いて焼かれたビスクドール、ですか」

黒髪のクピドはまず、陶器用の粘土をもって成形された。もちろん、モデルとなった少女の身体的特徴をより正確に模するにあたっては、細心の技術がそこには用いられたことだろう。クピドはいったんは天日で干され、さらに細かい技術をへていったんは素焼きにされる。次に陶石から精製された白化粧土がかけられ、本焼成の後その上から目鼻立ちがかき込まれる。さらに象眼の技術をもってすれば、よりリアルな瞳を入れることも可能であったはずではないか。髪の毛は本物の黒髪を植え付ければよい。さらにまつげも同じ技術によって再現が可能だ。

「明治期ならば、すでにさまざまな顔料が存在していたはずです」

場合によっては、輸入顔料が用いられた可能性もあると陶子はいったが、眉村の反応は変わらなかった。

「ちょっと飛躍《ひやく》がすぎませんか」という言葉が、彼の当惑を如実に表している。

「でも、すでにフランスからビスクドールが輸入されていた可能性は否定できません」

「同時にその技術も、ですか」

「辻本伊作は、もしかしたら天才であったかもしれません」

「その言葉、あまり安易に使わない方が宜しくはありませんか」

「もちろん、わかっています。けれどどの時代にも天才は存在します」

一人の天才が生みだした奇跡。それが黒髪のクピドであるという可能性が、自身の中で大きく膨らむのを陶子は禁じ得なかった。

ビスクドールの「ビスク」とは、ラテン語の「ビス（二度）」と「キュイ（焼く）」より転訛《てんか》した言葉であるとされている。

――だからこそDは、黒髪のクピドと名付けたんだ。

クピドすなわちキューピッドもまたラテン語である。

「けれど、宇佐見さんの説には致命的な欠点がありますよ」

「そうでしょうか」

「例の人形が明治期に作られたと仮定します。さらに一人の天才が世に送り出した奇跡の人形であると、仮定してもかまわない」

いつの間にか、眉村の口調に熱い響きが加わっている。

「ビスクドールの第一人者であったジュモーが、工房を構えたのは……たしか一八四〇年代であったはずです」

「その点でいえば、なんの問題もない。フランスとの交流は幕末からあったわけで、あなたのいうようにビスクドールが、明治のごく初期に輸入されていた可能性だって否定はできません」

「ならば、どうして」

「いいですか。幕末から明治といえば、生き人形がもっとも流行した時期じゃありませんか」

わかりませんか、と眉村がさらに語気を強くしていった。

もっとも生き人形が流行した時期だからこそ、辻本伊作はまったく新しい技法をもってその制作に挑んだかもしれない。そして黒髪のクピドが生まれた可能性は否定できるものではない。

けれど。

「だったら、どうして辻本伊作は歴史の闇に消えていってしまったのですか。どうして彼の人形は一体しか発見されていないのですか」

時代も人々もより人間に近い生き人形を求めていた。ならば、辻本伊作のもとには幾体もの注文が来てしかるべきではないか。たとえクピド完成後まもなく早世したとしても、その名前がこれほどまで完全に人々の記憶から消えてしまうことが、果たしてあるだろうか。

「眉村さんは、どうお考えですか」

「ぼくの考えはひとつです。すなわち、辻本伊作なる人形師は存在していなかった」

「けれど、人形は実在しています」

「それはつまり……」

いったんは言い淀《よど》んだ眉村の唇が、再び開くまでの時間が、ひどく長く感じられた。盃の中身をぐいと飲み干したまま塑像《そぞう》と化した眉村が、意外にも端正な顔立ちであることに、陶子は初めて気がついた。

「あるいは宇佐見さんのいうように、あれはビスクドールであったかもしれない。だとすれば結論は火を見るより明らかじゃありませんか」

「あれは後世に作られた贋作である、と」

眉村が、ゆっくりと頷いた。その動作は、別の解答をも秘めた、いわば宣告のようなものでもあった。

人形の権威であるはずのプロフェッサーDが、ものの見事に騙され、踊らされている。

――そうでなければ。

存在さえ疑わしい幻の人形作家の後を追いかけるふりをして、なにかを企んでいる。

いずれの答えにも、陶子が納得できるはずはなかった。

六

探し求めた細い糸は、有田の地でぷつりと途切れた。アフターフォローがモットーと自ら語る調査員の根岸もお手上げの状態らしく、Dの足取りに関する新たな情報はまったくあがってこない。このまま博多に滞在することを諦め、陶子はいったん東京に戻ることにした。旗師の仕事は、眠るときさえ立ち止まることを許されぬ回遊魚の生活に似ていて、右から左へと品物を動かし続けぬかぎり、たちまち口が干上がってしまう。

東京に戻った翌日から、陶子の日常は旗師のそれに切り替わった。

部屋の収蔵庫から秘蔵の品物をいくつか取り出し、二、三の骨董店をまわって当座の活動資金を得ることができた。その足で向かったのは、下北沢にある雅蘭堂だった。

「今回はお世話になりました」

そう挨拶《あいさつ》をすると、日がな一日眠りこけているような越名の目がわずかに開かれ、

「冬狐堂さんにはいつも美味しい商売をさせてもらっているから」と、言葉が返ってきた。

「博多の調査員、根岸さんですが本当によくやってくれました」

「ああ、それなら良かった。紹介のしがいがありました」

博多に土地勘も人脈も持たない陶子に、根岸を紹介してくれたのは越名だった。

越名集治。古物骨董の店・雅蘭堂の主人だが、ときには美術品の調査仕事も、片手間にではあるがこなしているらしい。根岸もそうした仕事で培った人脈なのだろう。

「悪のりはしませんでしたか。腕はいいのだが、ちょっと軽はずみなところがありましてねえ」

「とてもすてきな趣向で、迎えていただきました」

「やっぱり……あれさえなければなあ」

「これは、有田のおみやげです」

小風呂敷の包みを手渡した。陶子の目の前ですぐに開き、越名が無邪気な声をあげた。

「ははあ、陶片ですか」

「さすがに焼き物の町ですね。二軒ほど骨董店をまわるだけで、筋の良いものが手に入りましたから」

「こいつはいいなあ」

ひとつひとつのかけらを手に取り、ビー玉でものぞき込むように眺める越名は、いっとき陶子の存在を忘れているに違いなかった。

三階松ですね、この文様は。どうやら型抜きで成形したものらしいが、それにしても筆致の精密さはどうだろう。いったいどんな職人の手がこれを描き上げたものだろうか。おや、色絵もあるじゃないですか。金襴手《きんらんで》だが、ちっとも嫌らしくないのが、凄《すご》いなあ。弓と熨斗《のし》の絵柄なんてめったにお目にかかれるものじゃないですよ。

ことに十センチ四方の陶片が越名の眼にかなったらしい。

蒐集家の眼は色の道に通じるといわれることがある、意中のコレクションを見る眼が限りなく好き者のそれに似ているように、越名の目つきもまた限りない「好き心」を明確に示している。

「色鍋島ですか。やはり見事なものだなあ」

数ある有田焼の中でも、鍋島藩窯で焼かれた磁器は「鍋島」の通り名で呼ばれ、その価値は非常に高いとされる。

「絵柄の大きさから推定するに、元の皿は一尺五寸ほどでしょうか」

「うちの店ではとても扱えない大物だなあ」

しばらくは店に出さずに、自分で眺めて楽しませてもらいます、と越名が風呂敷を仕舞いながらいった。

「ところで、雅蘭堂さん」と、陶子は本題に入った。

プロフェッサーDが「黒髪のクピド」と名付けた人形について、自らの推測を一通り述べたうえで、

「どう思われますか」

と、意見を求めた。

「明治初期に作られたビスクドールですか。ずいぶんと大胆なことを考えましたね」

「不可能でしょうか」

「技術的なことの詳細はわからない。けれど……完全に可能性が否定されるものではないでしょう」

そういって越名は、店の奥の棚から二体の人形を取り出してきた。一体は陶子にもすぐにそれとわかる、ビスクドールの名品である。

「ゴーチェ、ですね」

色鍋島の大皿などとても扱えないといった、舌の根も乾かぬうちにこうした逸品が無造作に店の奥から登場する。ゴーチェのビスクドール、しかも保存状態も上々となれば、色鍋島の大皿と比してもたいして価値は変わりない。改めて陶子は、越名集治

の底知れなさを感じた。

「では、こちらのビスクドールはご存じですか」

「不勉強でお恥ずかしいかぎりです」

「いいえ、知らなくて当然。実は」

越名はなんの感情も滲ませずに、言葉を続けた。

一九一五年から二二年までの間、日本でもビスクドールが作られていたことがあるのですよ。ええっと、大正四年から十一年にかけてですね。この人形は森村ブラザーズというメーカーの製品です。当時、ドイツの人形メーカーはそれぞれ大量生産体制をしいて、世界に向けて販路を伸ばしつつあったのです。ところが第一次世界大戦のあおりを受けて、ドイツの人形生産及び輸出は完全に中断してしまいました。そこで注目を浴びたのが、日本のある技術でした。

そういって越名は人形の服を器用に脱がせ、髪の毛を取り外して、ヘッドの後ろ側を見せてくれた。

「見えますか」

「ええ、確かに森村ブラザーズと、書かれていますね」

「このメーカーの所在地、わかりますか」

「………」

「森村ブラザーズは瀬戸にあったメーカーです」

「では、もしかしたら注目を浴びた日本のある技術とは」

「お察しの通り。陶磁器製造技術です」

そもそもビスクドールの原材料となるポーセレンとは磁器土のことである。長きにわたり磁器土による器物の成形に長《た》けていた日本人にとって、人形のヘッドを作ることくらいは、造作もないことであった。ただし眼球にあたるガラスパーツはどうしても日本で作ることができず、フランスからの輸入品であったという。

「可能性を否定できないといった意味、おわかりですね」

越名の言葉に、陶子は大きく頷いた。

否定できないどころではない。技術的には、日本の陶磁器制作職人たちはとっくにビスクドールの域に達していたと考えるべきではないのか。肌合いの問題も、陶胎染付の技法を用いれば、解決可能である。

――あとは眉村が投げかけた疑問、だな。

なにゆえ辻本伊作は歴史の闇に消えねばならなかったのか。

「あっ！」と、陶子は思わず声をあげた。

わたしは馬鹿だ。なんて愚《おろ》かなんだろう。こんなことに気づかなかったなんて。答えははじめから出ているじゃないの。

なかば夢見心地で、しかしそれはひどい悪夢ではあるが、陶子はつぶやき続けた。

「答えとは、なんですか」

越名の疑問にも答えることができないほど、陶子は放心の状態にあった。

「わかったんです、Dの旅路の意味が」

「先生が突然出奔《しゅっぽん》した理由ですか」

「出奔は良かったですね。でもご安心ください。彼は出奔も失踪もしていません」

「それはいったい」

「大学には、ちゃんと確認してあるんです」

Dは、学術調査を理由に、一ヶ月間の休講届けを大学に出していた。そのことを確認したうえで、陶子は博多へと旅立ったのである。

「よくわからないなあ」

「わたしはDという人物をよく知っています。だってかつてはあの人の妻だった女ですから。彼は決して無断で大学を」

そのとき、陶子の背骨を冷たい予感がぞろりとなで上げた。

心拍数が急激に上がり、息切れしそうになった。

そう。Dという人は、無断で大学における業務を放棄《ほうき》するような真似は決してしない。彼にとって責任感は、同時にプライドでもある。

——だからこそ。

陶子は先ほどひとつの答えを得たと確信した。しかしそれは、まったく別の可能性を示す鍵《かぎ》でもあることに、たった今気づいてしまったのである。限りなく絶望的な可能性。これまで心の拠《よ》り所にしてきたもののひとつを、完膚《かんぷ》無きまでに破壊される可能性。

「冬狐堂さん、顔色が」

「どうしよう。わたしは、いったいどうすればよいのだろう」

陶子の問いかけは、暗い淵に投げ込むために発せられた言葉でしかなかった。

幾度か杉美咲に連絡を取ろうと試みたが、彼女から教えられた携帯電話は常に留守番電話サービスになっていて、陶子の思惑と焦りを解消する手助けにはなってくれそうになかった。そのことがより一層焦燥感に拍車をかけた。

「ばかばかしい。B級のミステリじゃないのよ、それじゃあ」

大きな声をあげて、膨れあがる悪い予感を、幾度も胸の裡から払拭《ふっしょく》しようとした。

けれど陶子は経験則から知っている。古美術・骨董の世界ではときに凄まじいばかりの悪意と狂気が生みだされることを。人の生命の価値が、たったひとつの井戸茶碗によって紙くず以下に下落してしまうことを。失われた数多くの命によって磨かれた器物が、どれほど妖しい光を放つかを、これまで遭遇したトラブルが教えてくれる。

池尻大橋のバーで、一人グラスを空にする作業に勤《いそ》しむ陶子の背中に、

「トラブルメーカーのご帰還だね」

もっとも会いたくない人物から、もっとも聞きたくない一言が投げかけられた。

「……硝子《しょうこ》さん」

「越名さんから電話があったんだ。陶子の様子が変だって。話は聞いたよ。といってもあたしがどうこうしたって、冬の狐は勝手に突っ走るし、勝手に落ち込むし、勝手にトラブルに巻き込まれ、いつの間にかそれを解決しているんだけどね」

この人と同じものを、といって横尾《よこお》硝子が、隣のスツールに腰を下ろした。

「D先生が消えちゃったんだって」

「人形探しの旅に出ているだけ」

「でも、とんでもないトラブルに巻き込まれている可能性がある」

あんたの顔つきがそういっている、と憮然とした表情で硝子はいった。それっきり、その唇は煙草をくわえるためだけに使用され、本来の機能を作動させることはなかった。

何本かの煙草を灰に変えた後、

「当ててみせようか、あんたの考えていることを」

低い声で硝子はいった。

「わかるんだ」

「なにせ長いつきあいだからね」

でも、その前にもう一杯。なにがいいかな、そうだ、タンカレーのマラッカ・ジンとバーボンを二対一の割合で。ロックスタイルでくださいな、と口にするだけで火傷しそうな飲み物を注文しておいて、横尾硝子はまた煙草に火をつけた。

こんな話を聞いたことがあるんだ。西洋人の目から見ると、東洋人はどいつもこいつも同じ顔に見えるんだって。探偵小説に東洋人の犯人を登場させてはならない、なんて事をいった作家もいるそうだけど、もしかしたら東洋人の見分けがつかないことがその理由かもしれない。でも、実は同じことが我々東洋人にもいえるんだよ。あたしたちにしてみりゃ、西洋人なんてみんな同じ顔に見えてしまうもの。ドイツ人もフランス人もイギリス人もアメリカ人も、みーんな同じ顔。自分によく似た人を捜し出すには相当に苦労もするが、あるいは西洋人なら、雰囲気と二、三の特徴さえ似ていれば……。

硝子の手にした煙草が、灰皿で乱暴にもみ消された。

話の半ばから無意識に両の耳に当てた掌が、煙草をもみ消したばかりの手によって引きはがされた。

「あんたはこう考えたんだ。もしかしたら博多で人形を探し回ってるD先生は、どこかの悪知恵上手が探し出してきたフェイクではないのか」

「やめて頂戴、お願いだから」

「じゃあ、本物のD先生はどこにいるのか。なぜそいつらはD先生もどきを旅させなきゃいけないのか」

横尾硝子の言葉は、陶子の予感を正確にトレースしていた。

――もしかしたら、すでにDは、どこにもいない。

幻のDを捜し求める自分は、各地でその足跡を見つけ、そのことによって彼の存在を証明する道化師の役目を務めているにすぎないのではないか。画策しているのは三田村晋也と杉美咲。踊らされているのは愚かな旗師・宇佐見陶子。

「馬鹿だねえ。考えすぎだよ」

ふいに、声の調子を変えて硝子がいった。

D先生がそんなトラブルに巻き込まれるはずがないじゃないか。今はもう大学とも一線を画しているんだろう。学内トラブルの可能性はまずない。彼の性格からいっても、人の生き死にに関わるようなトラブルに巻き込まれるとは、とても思えない。あんたの思い過ごしだよ。それとも、独身暮らしが長すぎて、被害妄想気味になっちゃったとか。

だが、硝子の軽口はなんの気休めにもならなかった。

「たしかに彼は……トラブルに巻き込まれるような人ではない。彼個人は」

「なにがいいたい」

「けれどわたしは違う。自他共に認めるトラブルメーカーだもの」

「あんた、まさか」

「ありうる話でしょう。本当の目的はこのわたし。悪意の標的は旗師の宇佐見陶子」

災いの種がそこここに散らばる世界で生きているかぎり、そうした負の洗礼はいつ何時でも覚悟をしておかねばならない。自らの審美眼を信念とし続けるには、柔《やわ》な神経ではいられない。だが、類火がかつての夫にまで及んだやもしれないとなると、話は別である。

すでに失われているDを無邪気に追い求める姿は、さぞや愚かしく、悪意あるものにとっては愉快な構図にちがいない。しかも同時に、陶子は彼らの悪意を隠蔽《いんぺい》するための共犯者でもある。

杉美咲と会った瞬間から、微かな予感はあった。

はかりごとが進められているのではないかという思いが、胸の裡に小さな波紋《はもん》を生みだしたのは事実である。けれどそれは旗師が日常的に抱く警戒心にすぎないと、陶子は自らに言い聞かせてきた。波紋は今や大きなうねりと化しつつある。

「いつか、こんなことが起きるんじゃないかと、ずっと不安だった」

「しっかりしなさい、陶子」

「わたしが旗師でいるかぎり、Dの周囲にまで累が及ぶんじゃないかと」

「陶子！　いい加減にしないか。変だよ、あんた」

「ちっとも変じゃない」

「いいや、絶対におかしいよ。まるで人が変わったみたいだ。どうしてしまったの」

いつもの冷静な冬の狐はどこに行ってしまったの。今のあんたは旗師でもなければ大人の女でもない。理性まで失ってどうするの。考えなさい、陶子。そして行動しなさい。罠があったら食い破りなさい。あざ笑う敵がいたならきつい一発を見舞ってやりなさい。あたしの知っている宇佐見陶子は、ありもしない壁に怯《おび》えて尻尾《しっぽ》を巻くような臆病者じゃないはずだよ。

横尾硝子の言葉には、いっさいの容赦がなかった。

この店のスツールに腰を下ろしたとき、横尾硝子にだけは会いたくないと願った。その唇から発せられる言葉に、今の精神状態が耐えられるはずがないと思ったからだ。

——本当ニソウダロウカ。

実のところ、横尾硝子に会いたかったのではないか。会って、萎えかけた心にきつい刺激を与えて欲しかったのではないか。そのためには弱い自分をさらけ出さねばならない。それを望む自分と望まぬ自分の間で、今もせめぎ合いが続いている気がした。

「まったく……成熟した女なんだか、そこらのティーンエージャーなんだかわからないねえ」

「だって、あのね」

「それほどD先生のことが好きなんだ」

「あの人がいなければ今のわたしはいないもの」

「へえ。いつかよりを戻したい、とでも」

「そんなことはあり得ない。わたしの人生はDから完全に決別したのだから」

「けれど彼のこととなると、冷静ではいられない、か」

それも仕方がないかもね、と硝子は新たな煙草に火をつけた。

「少し吸い過ぎよ、硝子さん」

「誰かさんが、人を苛《いら》つかせるからだ」

「……ごめん」

「前から聞きたかったんだ。どうして二人は離婚なんて蛮勇をふるう気になったのかね」

「どうしてだろう。よくわからない」

「どう見ても、今もお似合いの二人なのに」

お似合い、それは違うと陶子は思った。

Dの薫陶を受けたおかげで、陶子は「公平な眼」を手に入れることができた。それは今も感謝している。生きてゆくことで積み重なってゆく経験や、自らの中に生まれる制約から眼を切り離し、あるいは作者名や技法といった尺度からも解放された完全に公平な眼こそが、最高の武器であり、道具でもある。

——でもあのとき。

なにをいっても言い訳にすぎないのだろう。明確な離婚の理由などなかったのだから。けれどDのおかげで手に入れた眼は、同時にDの眼そのものでもあった。あるものを見て美しいか否かを判断し、それをさらに良いか悪いかという価値に変換してゆく。二人の眼、四つの眼が同じものを見、同じ判断を下すことになんとなく耐えられなくなった。息苦しさを感じてしまった。ただそれだけのことなのよ、というと「あんたらしいね」と、つっけんどんな物言いが返ってきた。

「そうそう、預かりものがあるんだ」

「預かりものって、誰から」

「雅蘭堂の越名さん。彼が今のあんたの言葉を聞いたらさぞや喜んだろうね」

「なによ、それは」

「あんた、やっぱり独身暮らしが長すぎるわ。ブツを見る目は鋭くなる一方なのに、肝心なところに目端が利かなくなっている」

横尾硝子がバッグから取り出したのは、森村ブラザーズ社のビスクドールだった。

「これを、わたしに？」

「それから伝言がある」

　人形のことは、人形に聞け。すべては人形が教えてくれる。

　同じ言葉を硝子が三度繰り返した。

　おうむ返しに陶子も同じ言葉をつぶやいた。

「わたし……やっぱり冷静じゃなかったみたい」

「なにを今さら」

「あるかどうかもわからない罠に怯える前に、まだやらなきゃいけないことがあったわ」

「ほお。ようやく性悪な女狐の目つきになった」

　急いで精算を済ませ、スツールから立ち上がった陶子に、

「ああ、ごめん。もう一つ伝言があったんだ」

「ん？」

「越名さんがね、その人形、お気に召したなら十五万でお譲りします、ってさ」

　煙草を指の間に挟んだまま、硝子がバイバイとでもいうように小さく手を振った。

# 七

杉美咲の口からDの失踪話を聞いたときも、それを頭から信じるほど陶子の精神はウブではなかった。Dという人物の性格を考えれば、失踪や出奔などという行為からいかに縁遠い存在であるかは明らかだったからだ。さらに大学に連絡を取り、休講届けが出されていること、彼の身辺に輝凛堂の三田村が絡んでいることを知り、そこになんらかの企みがあることを、陶子は本能的に嗅ぎ取った。

問題は企みの中身だった。

杉美咲と三田村は、Dを利用して何事かを企んでいる。そのキーは黒髪のクピドにある。

そして二人は、陶子をも企みの渦《うず》に巻き込もうとしている。

それを承知で、陶子は杉美咲の申し出に乗って博多へと出かけたのである。企みの正体を知るために、である。Dは公正にして絶対的な審美眼を備えている。けれど古美術・骨董の世界についてはほとんど素人といって良い。彼を追跡し、企みの正体を見破ったうえで、彼に救出の手をさしのべねばならない。それはある意味で使命感でもあった。

　Dの足跡を追い、考え、悩んだ末に陶子は彼の殺害を疑った。疑いは今も胸の裡にわだかまっている。けれどそのことを思い煩《わずら》い、バーのスツールで泣き続けるのは、陶子の流儀ではなかった。硝子の手厳しい励《はげ》ましがあったことは事実だが、そうでなくとも早晩、自分は動き始めていただろうと、新幹線の中で思い、陶子は唇を噛んだ。目指しているのは、京都である。

　黒髪のクピドが、明治時代に国内で生産されたビスクドールであることは、ほぼ判明した。制作者は辻本伊作。その素性や経歴はいっさい不明。

　けれど手がかりはもう一つ残されていた。まさしく人形が教えてくれたのである。クピドを競り落とした際、想像以上の高値が付けられたことを陶子は失念していた。その理由は人形に着せられた衣装にあった。京友禅で染めの具合、金糸の刺繍《ししゅう》の精緻さは尋常ではなく、明らかに特注品であることを示している。通常、人形の衣装は古着や端切れを使って作られるが、クピドの衣装はそうではなかった。刺繍されている蝶《ちょう》の文様、その大きさが人形の寸法、衣装の寸法にぴったりと一致していた。

　そのことにDが気づかぬはずがない。

　――だとすれば、彼の足跡は京都に。

名古屋をすぎ、まもなく関ヶ原を通過しようとするとき、携帯電話の着信音が鳴った。

デッキに出て通話ボタンを押すと、「宇佐見さんですか、博多の根岸です」と切迫した声が響いた。

セドリの高間の遺体が、中央区内の大濠公園で発見された。

その報せを受けて陶子は、京都で下車することなくそのまま博多へと向かった。

「エラかことになったとですよ」

駅まで迎えに来てくれた根岸が、開口一番いった。

「なにがあったのですか」

「公園の専用駐車場で、クルマの中から発見されたとです」

発見したのは駐車場の管理人で、朝九時に出勤した直後のことであったという。排気ガスを車中に引き込んだ末の、一酸化炭素中毒死で、死後十二時間ほど経過していたらしい。そのことから考えると、高間の死亡推定時刻は前日の午後八時前後と見られる。

根岸の説明は簡潔かつ要点を的確にとらえていた。

「警察ではどう見ているのですか」

「たぶん無理心中じゃなかか、いうとりますばい」

「無理心中！」

「ああ、電話ではいうとりませんでしたか。申し訳なかあ。クルマの中にはもう一体、仏さんがいんさったとですよ。若い女性の」

その言葉が、陶子を混乱させた。

――まさか……そんなことが。

「女性の身元はわかったのですか」

「それが、目下調査中の一点張りで。まあったくう、博多中の屑《くず》ばっかり集めるけん、捜査が進まんとですよ」

その言葉から、根岸という男が警察内部に深いパイプを持っていることがわかる。さすがに越名が推薦するだけのことはあると、別な意味で陶子は感心した。

「身元を示すものがなにもないのですか」

「どげんしたもんでしょうかねえ」

「根岸さん、警察内部にいるあなたの協力者に会えないかしら」

「へ、なしてそれば知っとおとですか」

「先ほどから、明らかに警察の内部情報としか思えない台詞《せりふ》を聞かされていますから」

「ははあ、こりゃまいった。やられましたなあ」

その場で根岸は携帯電話を使い、陰のパートナーに連絡を取ってくれた。

ただし。と、唇をへの字に曲げて、「質の良おなか男ですけん」といった。

どうやら広域暴力団とも繋《つな》がりがある警察官で、ときには根岸が走狗《そうく》となることもあるという。フィフティ＆フィフティの関係であることを強調してみせるが、その口振りからして四分六、あるいは七三の割合で分が悪いように思えた。

天神地下街《てんじんちかがい》の喫茶店に向かうと、すでに男は待っていた。

「人を呼びつけるとは、いい身分になったな」

小太りの、しかしそれがみっしりと中身の詰まった戦闘用筋肉に覆われた肉体であることを匂わせつつ、男が凄んだ。それだけで根岸の顔色が変わった。どうやら推測に大きな修正は必要ないようだと、陶子は思った。

「初めまして、宇佐見陶子ともうします」

「根岸の連れにしちゃあ、上玉だな。で、心中事件についての情報だって」

「すでに警察では心中説に傾いているのですか」

「外傷はまったくない。二人の胃袋からは睡眠薬も検出された」

それに、と男が醜悪としか思えぬ作り笑いを浮かべた。

女の膣内から大量の精液が発見された。血液型は男のものと完全に一致。これがどういうことか、わかるかね。え、別嬪《べっぴん》さん。今から心中しようとする男ってのはナ、やりたがるんだよ。この世の名残に、腰が抜けるほどやりたがるものなんだよ。もちろんコンドームなんて野暮なものは必要ない。なにせこの世のヤリ納め、だもんなあ。

香りの良くない煙草を吹かしながら、男がなおも笑った。

「でもおかしくはありませんか。女性の身元を示すものがないというのは」

身元がわからなければ、無縁仏になるしかない。死出の旅路に向かうものが、果たしてそれを望むだろうか。

陶子が問うと、男の表情が一変した。凶悪かつ凶暴な光が眼の中に灯り、

「素人が口を出すことじゃないな」

そう言って、灰皿に唾《つば》を吐き出した。

「身元を示すものがないということは、誰かがそれを奪い去ったということではないのですか」

「事情があったのだろうよ。人にはあるんだよ、それぞれに事情ってやつがさ」

男は懐に手を差し入れ、唐突ともいえる仕草で一枚の写真を取り出した。若い女性の上半身写真だった。

「いい死に顔だろう。安らかなもんだ」

陶子は急速に男への興味を失った。確認すべきことは、もうなかった。

――杉……美咲。

根岸に眼で合図し、バッグから封筒を取り出して男の前に置いた。中身を確かめ、

「フン、よほど儲かるらしいな、骨董屋というのは」と言い残して、男は席を立った。それを見送って、さらにたっぷりとインターバルをとってから根岸が、

「腹ン立つ男でしょうが。ろくな死に方ばしよらんとですよ、絶対に」

吐き捨てたが、その声を陶子は聞いていなかった。

セドリの高間と杉美咲の遺体が発見された。それがいったいなにを意味しているのか。予測もしなかった二人の死が、歯車の動きを大きく変えるのではないか。異なる回転運動を与えられた悪意の機関は、いかなる動きを見せるのか。陶子は予断を決して許さない巨大な力の流れに困惑した。だが、追いつめられた狐に戸惑う余裕はなかった。

京都へ。急いで京都へ行かねばならない。

陶子は夕方遅くの新幹線に乗り込んだ。

夜。ビジネスホテルに落ち着いたと同時に、根岸から携帯電話に連絡が入った。

博多に長逗留《とうりゅう》中の三田村晋也が、誰かに追われるようにホテルを引き払ったらしい。そうした情報が入るということは、根岸が密かに三田村をマークしていてくれたからなのだろう。重ね重ねの厚意に礼をいうと、

「気にせんとってください。昔、越名さんにはずいぶんと世話になったとですよ。その恩返しったい」

くれぐれも気をつけてくださいといって、根岸からの通話は切れた。

京友禅の工房と一言でいうのは容易いが、その数は決して少なくはない。インターネットと電話帳で調べただけでも、市内に二十カ所以上ある。個人工房を加えれば、その数はさらに増えるし、市外、府外にまで調査の手を伸ばすとなると、膨大《ぼうだい》な数に及ぶ。己ただ一人の手に負えるとはとうてい思えなかった。

ましてや黒髪のクピドが制作されたのは明治期である。当然ながら、着衣もまた同じ時代に作られたことになる。当時のことを覚えている人物がいるはずもなかった。

それでも陶子は、探すしかなかった。

ホテルの一室に籠《こ》もり、電話帳とコンピュータを相棒に絶望的な作業に入ろうとしたそのとき、ふと、越名の言葉が甦《よみがえ》った。

人形のことは、人形に聞け。すべては人形が教えてくれる。

なにかを見落としてはいないか。記憶の中にある黒髪のクピドは、なにか全く別のことを教えてはくれないか。

「どうしてわたしは、Dが京都を訪れたと、思ったのだろう」

言葉にしたところで、我ながら間抜けな疑問としか思えなかった。なぜDが京都に来たと思ったか、だって。もちろん、あの京友禅を見たからだ。あれほどの名品は特注品以外にあり得ないし、人形の専門家であるDがそのことに気づかぬはずがない。

否。

着物が作られたのは明治期だ。当時のことを覚えている人などいようはずがないと、たった今、考えたばかりではないか。ではDならどう考えただろうか。単純に京都に来さえすれば、なにかがわかると考えただろうか。

再び、否。

Dならばそんな簡単なことに気づかぬはずがない。

けれど自分は、Dが京都を訪れたことを確信した。それはなぜか。

思考がいつまでも堂々めぐりを繰り返す。けれど繰り返すうちに別の脇道が見えてくる気がした。陶子はそう信じた。

「眼……だ。わたしとDは同質の眼を持っている。わたしはクピドを見ているし、彼は現在の所有者でもある。同じものを見たからこそわたしは彼の行動をトレースすることができた」

クピドのなにを見たのか。見事な京友禅の技法で特別に作られた着衣である。見事な染め付けと、金糸で刺繍された蝶の文様。

「金糸……だ。あの刺繍、まるで色褪せがなかった。染めも、そう。着衣だけは新調されたものだったんだ。だから！」

たぶんこうしたことが行われたのではないか。人形のヘッドやその他の部分は焼き物だから、保存の状態さえ気をつければいつまでも真新しいままでいることができる。すなわちクピドのモデルとなった実在の人物、そのままの状態でいられるのである。ところが織物は違う。ことに金糸などの糸はどうしても色褪せてしまうし、染めもまたしかり、である。それがクピドの持ち主には許せなかったのではないか。なにがなんでもクピドは、作られたままの姿でなければならなかった。ならば着衣だけは定期的に新調しなければならない。

そのことにDは、気づいたのである。同じ眼を持つ陶子もまた、無意識のうちにそれに気づいたからこそ、Dの京都行きを直感した。

陶子は、電話帳から書き抜いた電話番号に、ひとつひとつ当たり始めた。

そちら様でこの数年以内に、人形の着衣用の友禅染を特別に受注されてはいませんか。そうです、人形に着せる着物を仕立てるために、わざと絵柄を小さく染め、絵柄の大きさに合わせた金糸の蝶の刺繡を入れたものですが。あるいはご同業者の方で、そのような注文を受けた方を知りませんか。

十六回目の電話が、希望の回答を陶子の耳に届けてくれた。

「もしかしたら、そのことを尋ねた外国人がいませんでしたか」

「ええ、いはりましたよ」

歓喜はすぐに激しい焦燥感を呼び覚ました。工房の所在地を聞くと、受話器を置くのももどかしく、陶子はホテルを飛び出した。

――右京区龍安寺西ノ川町八番地。

タクシーの中でも、その住所を幾度か繰り返した。

もうすぐDの新たな足跡を確認することができる。彼が工房でなにを尋ね、どのような情報を得ることができたのか。そこから陶子は、三田村晋也の企みを割り出さねばならない。なおかつDの居場所を突きとめ、彼に危険を告げねばならない。旗師としての経験則を最大限に稼働《かどう》させ、危険を未然に防ぐことが、かつてDの妻であった自分の使命であると、陶子は疑わなかった。

タクシーは京福電鉄北野白梅町駅の交差点を左に折れ、細い路地へと入った。クルマ一台がようやく通れる道を幾度か曲折し、路地から路地をすり抜けて目的地に到着した。「喜多川工房」と書かれた檜《ひのき》の看板を横目に、敷地へと足を踏み入れ、玄関口で名前を名乗ると、

「お待ちしていましたよ」

陶子を出迎えたのは、三田村晋也の瓜実顔だった。

八

やはりここまでたどりつかれましたねえ。さすがは冬狐堂さんだ。いや、さすがはD先生の元ご内儀だというべきでしょうか。人形の着衣に注目されるとは、ねえ。D先生ですか。ご安心ください、今朝早くに東京に戻られましたよ。おや、その顔つきはわたしを信用していませんね。なんならご自宅に電話をかけてご覧なさい。もうご

帰宅されてもおかしくはない時間だ。

よほどに勝手知ったる家なのか、三田村が居間に案内してくれ、応接セットに腰を下ろすなり、ぺらぺらと話を始めた。

声色こそゆとりを滲ませているが、三田村の顔色は尋常ではなかった。それでなくとも気味が悪いほど色白の顔が今は青黒く、唇にも青みがさしている。

「やはりあなたの企みだったのですね」

「企みとは、ひどい」

「だが……あなたはDとわたしを引っ張り込んで」

「わたしはただ、D先生に格好の研究材料を提供しただけです」

ならばどうして杉美咲を使って、プロフェッサーDが失踪したなどと偽りを並べ立てたのか。それはつまり、わたしまでも巻き込むための企みではなかったのか。Dの身になにかが起きれば、必ずわたしが動く。人形研究家のDと、その元妻であり現在は旗師のわたし。二人を動かすことによってなにを企んだのか。

話すほどに口調が硬くなり、同時に表情も強《こわ》ばるのを陶子は感じた。そうしなければ感情の奔流を抑えることができなかった。

どれほど平静を装おうとしても、三田村の動揺は明らかだった。その指先の震えが、感情の乱れを如実に表している。

陶子は決定的な一言を口にした。

「杉美咲はどうして殺されなければならなかったのですか。そして高間も」

三田村の右の目尻が、激しく痙攣《けいれん》した。青ざめた唇が、

「二人は暴走したのですよ。それはわたしへの裏切りであり、彼らの命をひどく縮める結果となった」

「まさか、あなたが」

「冗談じゃない！　人殺しなんて間尺《ましゃく》に合わないことを、わたしがするもんか」

「ではどうして」

「彼らは触れてはいけないものに触れてしまった」

「だから殺された」

三田村が大きく頷いた。

けれど彼らには感謝しています。触れてはいけないものに触れてくれたおかげで、わたしは結果的に助かることになりそうです。そう、あのままわたしが計画を進めていたなら、わたしもまた……。

憤怒《ふんぬ》と怯懦《きょうだ》と狂気がひとつの顔に同居するのを、陶子は初めて見た。

「二人の末路はあなたの末路でもあった、と」

「わたしだけじゃない。Dも、あんたも同じ運命をたどったことだろうよ」

「例の人形には、それほど大きな秘密が隠されていたのですか」

首を大きく二度、縦に振った三田村が、背後の風呂敷包みを陶子との間合いの中間に置いた。

開けてご覧なさい。そして中身を確認するがいい。なにもかもそこから始まったのですよ。まさしくこれは最悪にして災厄を招く人形だ。杉美咲もセドリの高間も、人形に込められた怨念《おんねん》によって滅ぼされたのです。いやこれはオカルトではない。単なる事実の積み重ねであり、必然の結果にすぎないのですよ。

その言葉が、包みの中身を明確に語っていた。

――……黒髪のクピド。

陶子がためらっていると、三田村は自ら包みの結び目を解き、中身を露《あら》わにした。

「わかりますか、この人形の禍々しさ」

陶子には、なぜか人形の顔が杉美咲に重なって見えた。いや、杉美咲ではない。では高間か。それも違う。

「これが誰かをモデルに作られたことは?」

「ええ、気づいていました。それに……人形の瞳孔が開いていることも」

「さすがだな。わたしもそれに気づいたときには背筋が寒くなったものさ」

だが、なによりもと、三田村は震える声でいった。

その手が、人形の帯を解き始めた。ひどく乱暴な手つきで、凌辱《りょうじょく》の無惨さを陶子は感じた。ああこの男は、生身の人間にも同じことをしたことがあるのだなと、根拠もなく確信した。

クピドが裸に剝《む》かれた。

深めの襟に隠れていた部分を見た瞬間、陶子は隠された闇の半分、いや七分がたを知ることができた。

鎖骨《さこつ》にあたる部分のすぐ上に、赤黒い痣《あざ》のようなものがある。

拡大鏡を使うまでもない。手形だった。

「生き人形？　冗談じゃない。これはまさしく死びと人形だよ。しかも……この娘は首を絞められて殺されたんだ。縊《くび》り殺された娘の死体をモデルにして作られた人形なんだよ」

「あなたがたはいったい」

黒髪のクピドに秘められた秘密は理解した。だが、それがどうしたというのだろう。

明治時代の殺人事件など、今さら暴《あば》き立てたところでなんの意味があろうか。

陶子はふと、自分たちに向けられる視線に気づいた。

誰かがこちらを見ている。

「あなた方はDやわたしになにをさせるつもりだったのですか」

「遺体をモデルにした人形。それだけでD先生はいたく興味を持たれましてね」

「それは……わかります」

「彼の目を、ある方向に向けることはひどく簡単でした」

「ある方向？」

「殺された娘の素性ですよ。それがわからねば、遺体をモデルにしたとは言い切れないでしょう」

その口調に、恐ろしいまでの悪意を陶子は感じた。

「あなたは、もしかしたら」

旗師の勘が、陶子に教えてくれた。

三田村はモデルとなった遺体の素性をすでに突きとめている。けれどそれはあくまでも状況証拠であり、確証には至っていない。だからこそDが選ばれたのである。人形研究家のDと旗師の自分が調査に取りかかれば、早晩娘の素性は明らかになるのではないか。そこまでには至らずとも、Dの言葉には盤石の重みがある。一介の骨董商の言葉よりも遥かに確実な信憑性《しんぴょうせい》が添付されることになる。

そういうと、三田村が酷薄《こくはく》そうな笑みを唇に浮かべて頷いた。

「ヒントは着物の図柄でした」

「金糸の蝶……というと、もしかしたら揚羽蝶紋《あげはちょうもん》」

「そうですよ。あれは家紋を意味していたんです。博多周辺でその紋を使う家を探しましたた。そしたら本当に見つかったんですよ。もともとは博多町衆の要という家柄でしてね、明治の御一新以降は、県の重職に就いたこともあります。おまけに今は」

そういって三田村が口にしたのは、現職の衆議院議員の名だった。

ええ詳しく調べましたよ。当時の新聞、風聞帳の類まで調べたんです。そしたら面白いことがわかりました。明治二十二年のことですが、その家の十五歳になる一人娘が虎列刺《コレラ》で死んだことになっているじゃありませんか。けれどねえ、あの病気は伝染病です。にもかかわらず、当時福岡一帯で虎列刺が流行したという事実はないのですよ。一人娘が死んだその家では、遠縁から養子を迎え、家を継がせているのです。その養子というのがね。

三田村は熱に浮かされたようにしゃべり続けた。

「その養子、現職議員の祖父に当たるんですよ」

「もしかしたら彼女は」

「お家乗っ取りの被害者かもしれませんねえ」

殺人事件はとっくに時効でも、陰湿なスキャンダルは残る。それも致命的といってよいほどの瑕疵《かし》である。

「しかし……それで人間二人分の命が失われるものか」

陶子の言葉に三田村が「選挙ですよ」と答えた。数ヶ月後には総選挙が迫っている。しかも議員の基盤は盤石《ばんじゃく》というにはいささか弱く、スキャンダルはなんとしても抑えねばならなかった。

「代々町衆の要を務めていただけあって、あの家には門外不出の逸品が、それこそ数え切れないほど眠っています。人形の秘密を口外しないかわりに」

その言葉が恐ろしい意味を持っていることに陶子は気づき、慄然とした。

「口外しないかわりにって、けれどわたしにもDにも口はついている」

「もちろん、あなた方にも約束してもらうつもりでした」

「約束しなかったら」

「おかしなことをいいますね。もちろんただとはいいませんよ。あなたにも旗師として美味しい思いをしていただくつもりでした。D先生にもそれなりの報酬を」

陶子は暗澹《あんたん》たる思いに駆られた。

守るべき矜持《きょうじ》を金銭に換えることのできない人種がいるということが、三田村には理解できないに違いない。

――もっとも……。

クピドのモデルとなった娘の素性がわかったところで、それを公開するような悪趣味は持ち合わせてはいない。Dも、自分も。

その意味では三田村の目論見《もくろみ》は当たっていたことになる。

――三田村……　いやちがうな。

陶子は居間の外を注視した。

「そろそろ顔を出されてはいかがですか、外のお人」

その言葉に反応するように、足音が近づいた。

「いつから気づいていたのですか」

「あなたへの疑念ですか。それなら有田に行ったあたりから、ちょっとおかしいかな、と」

「そうでしたか」

悪びれることもなく、眉村が陶子の前に腰を下ろした。

「眉村さんは、Dからクピドを見せられたとおっしゃいました」

「そんなふうにいいましたっけ」

「ましてやあなたはご自分も人形師です。有田で陶胎染付を見たならば、それがクピドと同じ技法であることには、すぐに気づくはずじゃありませんか」

にもかかわらず、眉村はそのことを語らず、あまつさえ辻本伊作の存在さえも否定してみせた。それが不信感の始まりだった。人形師を志すものならば、森村ブラザーズ社のビスクドールについての知識があってもおかしくはない。

「そうですねえ。ああやって、否定すればするほどあなたはご自分の説を証明しようとする。冬狐堂・宇佐見陶子とは、そんな性格だと、こいつがね」

眉村は、三田村を指さした。

「もしかしたら、今回の筋書きを書いたのはあなたではありませんか」

「そういっても、かまわないと思う。なにせ、例の人形の所有者は、ぼくですから」

「なんとなく、そんな気がしていました」

「まったく勘の良い人だ。ついでにいいますとね、ぼくは……辻本伊作の直系にあたるのですよ」

「だからあの人形を」

辻本伊作には遺児がいた。辻本の死後、実家に戻った母方の姓が眉村であったという。

それから代々受け継がれたのが、あの人形だった。由来こそわからぬが、いっときは門外不出が家訓であったという。十五年に一度は着衣を新たにし、代々守り続けよと言い伝えられた人形のことを、「これは遺体をモデルにしたものではないか」と言い出したのは、三田村晋也だった。それまで着衣に使う京友禅を制作していた工房が廃絶してしまい、困って三田村に相談したのがきっかけだった。

「この男は目端が利く。たちまち殺害された娘の素性を割り出しました。そのときでした。ぼくの中に新たな疑問がわき上がったのは」

家伝によれば、辻本伊作は何でも屋のような男であったらしい。新しもの好きで、しかも手先が特別器用にできていたという。博多人形を作らせれば玄人《くろうと》はだし、陶磁器を焼いたりしたこともあれば、博多織に手を染めたこともあるという。若い時分は横浜まで行って、その地で最新の技術を学んだこともあったそうだ。

「覚えていますか、宇佐見さん。どうして辻本伊作は歴史の闇に消えてしまったのか」

「ええ。彼の人形技術は後世に伝えられなかった」

「伝えることができなかったのですよ。あの人形を作ったがために」

「じゃあ、誰かが人形制作のことを殺害された娘の家に」

「あるいは、伊作は殺害された娘に特別の感情を抱いていたのかもしれません」

おそらく娘の遺体を最初に発見したのは伊作ではなかったか。

だからこそ娘が病死扱いされたことが許せなかった。娘を殺害しておいて、のうのうとしている連中が許せなかった。

「罪を告発するための人形だったのですか」

「少なくとも自分の一族にだけはそれを伝えようとした」

「十五年に一度、着衣を取り替えるよう家訓を残したのも、あの首の跡を見せるためだったのですね」

では、三田村がそれを指摘するまで、どうして事件は眉村の家に伝わらなかったのか。

眉村はそれを疑問に思ったという。

もしかしたら、辻本伊作はその口を封じられたのではないか。

「つまりは、技術を誰にも伝えることができなくなったと？」

三田村が頷いた。

辻本伊作亡き後、人形の着衣を十五年に一度交換すべしという家訓だけが、不完全な形で受け継がれたとしたら。

「許せますか。そんなことが。乗っ取られた娘の家はますます繁栄し、現当主は国会議員まで務めている。ぼくにはどうしても許せなかった」

三田村が狙うのは、代々の逸品が眠る倉。それは莫大《ばくだい》な利益と強力なコネクションを生みだしてくれるだろう。かくして眉村と三田村の利害のベクトルが一致した。

三田村は人形研究家で知られるDに近づき、さりげなくクピドの情報を流す。たぶん競り落としを陶子に依頼するに違いないと読んだうえでのことだった。ここで陶子にはクピドの存在を植え付けておく。

Dを博多へ導き、眉村と接触するまでの段取りを組んだのも三田村だった。そして眉村は陶子の時と同様、彼を有田へと誘う。陶胎染付の技術を見せるためだ。

ほぼ同時期、杉美咲が陶子に接触。あたかもDと男女の関係があるかのように見せかけ、陶子の感情を揺さぶったうえで、Dの追跡行に旅立たせる。かくして黒髪のクピドを巡る二人の旅が始まり、やがて二人はクピドのモデルとなった娘の事件、そして彼女の素性にまでたどりつくはずであった。

そこに誤算が生じた。

杉美咲と高間が接触したあげくに、暴走を始めたのである。確証もないままに現職議員の事務所に勝手にコンタクトをとり、脅迫まがいの言葉を口にしたのだという。その答えが、彼らの遺体ということになる。無論、彼らに降り注いだであろう殺意を証明するものはなにもない。警察が早々と心中と断定したのも、あるいはなんらかの力が働いた故のことであったかもしれない。

ここにいたって、三田村と眉村は計画を中止せざるを得なくなった。二人の奸智《かんち》など簡単に押しつぶしてしまうほど、相手の力が強大であることを知ってしまったからである。

黒髪のクピドがここにあるということは、人形を相手に送り届けるつもりなのだろう。そうした折衝《せっしょう》がすでに行われ、了解を得ていることを陶子は確信した。

もう一つ。

なにゆえ三田村と眉村は事件の全容を陶子に話したのか。

「Dにも、同じ話を聞かせましたね」

「納得してもらうために、やむなく」

「違いますね。あなた方は保険をかけたのです」

クピドのことは二度と口にしない。現物もそちらに引き渡す。けれど相手がその約束を遵守《じゅんしゅ》するとは限らない。そこで二人は保険がわりに、この話を陶子とDに聞かせたのである。我々に万が一のことあらば、秘密は世間に流布される。ましてやDは著名人でもある。いくらなんでも彼の口まで塞《ふさ》ぐことはできない、と。

けれど二人は卑屈な笑みを浮かべるばかりで、陶子の問い詰めに頷くことはなかった。

東京に戻ってまもなく、陶子はDの家を訪ねた。

書斎に案内され、デスク横に設置された小型冷蔵庫から取り出した黒ビールが、よく冷えたグラスとともに供された。

「黒ビールは常温で飲むのではなかったでしたっけ」

「ロンドンのパブではね。それだけわたしが日本的なものに染まったというわけだ。今さら温《ぬる》いビールを飲む気にはなれないね」

ということは、Dが英国に帰るという話は、どうやら杉美咲の作り話であったらしい。

「今回は、本当にお疲れさまでした」

「ふむ。君にもずいぶんと迷惑をかけたようだ」

「迷惑だなんて、とんでもない。十分にスリリングな旅でした」

Dに尋ねてみたいことがあった。杉美咲とはどのような関係であったのか。本当に何事もなかったのか。あのまま三田村らの計画が進んでいたなら早晩、陶子はDと接触を果たすことになったはずだ。そこで杉美咲とDが完全に無関係であることが判れば、そこでゲームオーバーとなりかねない。なんらかの関係が実際にあればこそ、二人は三田村の思惑通りに動くことになる。そのことを口に出せずにいると、

「彼女は……ねえ」

Dが、口髭《くちひげ》にまとわりつくビールの泡を気にしながらいった。

「杉美咲のことですか」

「わたしに弟子入りしたいといって訪ねてきたんだ。人形の研究がしたいといってね」

「そうだったのですか」

「その姿が、なんとなくかつての君にダブって見えた」

今さら弟子などとるつもりはないが、いつでも遊びにいらっしゃいというと、週に一度か二度、訪ねてくるようになったらしい。知り合いの骨董業者がいるからと、三田村をDに紹介したのも杉美咲だった。人形のことも、三田村から杉美咲、杉からDへと話が持ち込まれたという。

「ところで、クピドのことですが」

「ああ。日本で作られたビスクドールの第一号だ。あれが本当に遺体をモデルにした

ものであるとなると、趣味こそ良くないが、興味が湧いたよ」

「三田村は、そのことを証明するには、娘の素性が明らかになる必要があると考えていたようですが」

「そんなことはないよ」

「しかし……」

生き人形作家の松本喜三郎が、その代表作である「谷汲観音像」を制作した折には、モデルとなった娘の爪の寸法まで正確に計測したという。

「では陶子に問う。辻本伊作にそれが可能であっただろうか」

「不可能です。遺体はやがて腐敗しますし、いつまでもそばに置いておけるものではありません」

「けれど彼は恐るべき写実技術をもって、あれを完成させた。ならば彼がとった方法はひとつしかない」

最新の技術を学ぶために横浜にまで遊学を果たした、好奇の塊のような男。そして天才的に手先が器用な、技術者。

「ポトガラヒー、つまり写真ですか」

「あるいは、撮影の機械さえも自分で作るくらいのことはしたかもしれないね」

そういって、Ｄがデスクから赤茶けた紙を取り出した。

「ちょっとした動かし方で首の関節がはずれるようになっていてね。クピドの顔に当たる部分の裏側に四つ折りにして貼り付けてあった」

辻本伊作がクピドを完成させるためにどうしても必要であったもの。

遺体を発見した彼が、あるいは証拠写真のつもりで急いで撮影したもの。

襟を大きく広げられ、目を見開いたまま死んでいる少女の上半身が、焼き付けられていた。

「どうしてこんなものがあるとわかったのですか」

「人形のサイズだよ」

生き人形は通常、生身の人間のサイズに合わせて作られる。

だがクピドはせいぜい四分の一程度のサイズでしかない。

「最初は、持ち運びのこと、あるいはどこかに隠すことを考えて、あのサイズにしたのかと考えたのだが」

「そういうことですか」

「その通り。クピドは辻本伊作が撮影した写真を原寸にして作られていたんだ」

こともなげに話すＤの横顔を、陶子はいつまでも見ていたいと、ふと思った。

執筆にあたりまして多くの資料を参考にさせていただきました。しかし物語の性格上、事実とは違う内容に書きかえた部分がいくつかあります。従いましてすべての文責は作者が負うものとさせていただきます（北森鴻）。

# 解説

法月綸太郎

『瑠璃の契り』は、北森鴻の古美術ミステリ「旗師・冬狐堂《とうこどう》」シリーズの第二短編集にして、最終巻である。二〇〇三年から翌年にかけて「オール讀物」に発表された作品をまとめたもので、二〇〇五年一月に文藝春秋から刊行された。

この時、北森鴻四十三歳。亡くなる五年前の本である。


シリーズ第一作『狐罠』の解説で、阿津川辰海氏は「今回の復刊では、出版社がバラバラになっていたこの〈旗師・冬狐堂〉シリーズが、遂《つい》に徳間文庫でまとまることが、一つの目玉になっている」と記している。これは何よりも作品にとって望ましいあり方だが、版元の統一がもたらす最大のメリットは、『緋友禅』『瑠璃の契り』という二冊の短編集にあらためてスポットライトが当たることではないだろうか。

これまで「冬狐堂」シリーズの評価は、二大長編『狐罠』『狐闇』に偏っていて、連作短編としての趣向や面白さは見過ごされがちだったように思う。こうした傾向に対して、大倉崇裕氏は前巻『緋友禅』の解説で「作家北森鴻の神髄は、短編にこそある」と（あえて）異を唱えているけれど、私もこの意見に強く賛同したい。

というのも、北森鴻の長編はサービス精神が旺盛なあまり、時として話を面白くしすぎてしまうきらいがあるからだ。骨董や古美術の世界が舞台だと、扱う題材によってはその派手さが徒《あだ》になることもある。物語のスケールが大きくなるのと引き換えに、素材の味を殺してしまったら元も子もない。逆にモチーフやテーマを絞り込み、モノとヒトとの交情を仮借なく、鮮やかに切り取った短編の方が心にしみるのだ。手練《てだ》れの作者はそのことをよく知っていたからこそ、満を持して「冬狐堂」シリーズの短編連作に着手したにちがいない。二〇〇三年刊の『緋友禅』に続いて、順調なペースで連作の第二期を書き継いでいったのは、前巻の時点から手応えを感じていたからだろう。

むろん「短編の名手」として名高い北森鴻のことである。二期目だからといって、マンネリの弊に陥ることはない。同じ短編集でも、骨董・古美術に関わる魑魅魍魎《ちみもうりょう》の欲や業《ごう》を浮き彫りにする『緋友禅』では、冬狐堂の冷徹な「孤」の面が強調されていたように思う。一方、本書では全体として、陶子《とうこ》とその仲間たち（横尾硝子《よこおしょうこ》、越名《こしな》集治《しゅうじ》、プロフェッサーD）の協力関係を問い直すような作品集になっている。

陶子自身、汚い手も辞さないドライな言動は影をひそめ、これまで以上に弱さや迷いを隠さない、生身のキャラクターとしての足場を固める描写が増えている。本書に収められた四編には、技巧の洗練を深めていくのとは別の角度から、宇佐見《うさみ》陶子というシリーズ・キャラクターに秘められた魅力と可能性を作者が再発見しているような雰囲気がある。

目次に沿って、一編ずつ見ていこう。

●「倣雛心中《ならいびなしんじゅう》」（「オール讀物」二〇〇四年三月号）

眼病に襲われた陶子に付け入ろうとする同業者から、何度売っても返品されてしまうわけありの和人形を持ち込まれる話。「冬狐堂」シリーズでは、しばしば「女狐と古狸」の化かし合いが繰り広げられるが、本編もその典型である。目の不調でつい弱気になりがちな陶子をカメラマンで友人の横尾硝子と雅蘭堂《がらんどう》の越名集治がサポートするのも、シリーズの基本パターンを踏んだ、巻頭にふさわしい仕立てになっている。

網膜剝離の先駆症状とされる飛蚊症《ひぶんしょう》は、旗師の「目利き」にとってのっぴきならない病だが、この症状は物書きにとっても他人事ではない（視覚を失うことへの具体的な恐怖の描写には、作者の肉声も混じっているようだ）。骨董ミステリとしての謎解きに連城三紀彦作品の影響が感じられる一方、いわく付きの人形の仕掛けが「目」にまつわるもので、そこから陶子と硝子の「視線」の違いを浮かび上がらせるのはこのシリーズならでは。

富貴庵《ふうきあん》の店主・芦辺《あしべ》は『狐闇』の導入部で、陶子の目利きを認めて「眼が開きやがったか」と洩らし、「もしかしたら無間《むげん》地獄の入り口に、われ知らずのうちに立っちまったのかもしれねえ」と予言めいたことを口にした人物だ。『狐罠』『狐闇』の敵とは違って、お互いに一目置く愛すべきヒール役にほかならない。北森鴻が健在で「冬狐堂」シリーズを書き続けていたら、きっと何度も再登場していただろう。

●「苦い狐」（「オール讀物」二〇〇三年七月号）
「二十一歳の陶子がいた。／デニムのオーバーオールが絵の具で汚れるのを気にもせず、いや、むしろその汚さを誇るように上野のキャンパスを闊歩《かっぽ》する画学生だった」

画学生時代の陶子の親友であり、大学四年の夏、自宅兼アトリエの火災で命を落とした画家の卵・杉本深苗。非業の死から二十年近い時を経て、復刻された彼女の追悼画集が新たな火種となる。焼失したはずの秀作《夜の点と線》に隠された秘密とは？

絵が火を呼ぶという伝説の画家アーシル・ゴーキーの作品をモチーフに、若き陶子の知られざる夢と挫折が描かれる。短い枚数に贋作《がんさく》絵画の手口と歪《ゆが》んだ男女の愛を盛り込み、作中テキストにもテクニカルな仕掛けを施した職人技の光る一編。

前巻『緋友禅』に収録された「『永久笑《とわ》み』の少女」と対になるような作品だが、技巧的な構成とトリッキーな解決以上に、陶子の絶望と再生を写し取ったラストの「炎の色」が心に残る。短編連作の第二期で最初に発表されたエピソードで、「冬狐堂」シリーズの新たな方向性を決めた重要な作品と思われる。

●「瑠璃の契り」（「オール讀物」二〇〇三年十一月号・「瑠璃の契」改題）
北九州市小倉の酒屋で手に入れた瑠璃の切り子碗をきっかけに、横尾硝子の知られざる横顔が明らかになる作品。骨董ミステリとしての謎解きが控えめな分、泡坂妻夫『蔭桔梗』のような職人小説を思わせる余情の深い仕上がりになっている。書き出しの文章と結末の照応など、実に芸が細かい。

「瑠璃」はガラスの古名であり、「陶子と硝子の壊れ物コンビ」の友情を再確認するエピソードにふさわしいタイトルだと思う。「倣雛心中」との対比も含めて、これを表題作に選ぶところがまた北森鴻らしい。

●「黒髪のクピド」（「オール讀物」二〇〇四年八月号・九月号）

陶子の恩師であり、かつての夫でもあるプロフェッサーDが失踪《しっそう》、その行方を捜す中編である。Dの依頼で競り落とした禍々《まがまが》しい生き人形「黒髪のクピド」とその作者・辻本伊作にまつわる謎を追って、陶子は北九州へ飛ぶ。

トラブルの噂が多い骨董業者やうさん臭い《セドリ》など、陶子の前には次々と怪しい人物が現れる。博多で陶子が調査を依頼する根岸《ねぎし》は、『親不孝通りディテクティブ』のカモネギ・コンビの片割れキュータである。「信仰の憑代《よりしろ》として、あるいは呪術の対象として作られた人形。そう教えてくれたのは、知り合いの民俗学者である」というのは、言わずと知れた蓮丈那智《れんじょうなち》のことだろう。横尾硝子と越名集治も顔を出し、レギュラー陣総動員の重厚な謎解きが繰り広げられる。

焼き物と人形の関わり、幕末から明治期という混迷の時代に翻弄された職人（アルチザン）の悲劇というのは、北森鴻がもっとも得意とするテーマだ。人形に隠された秘密を解き明かしていくプロットは先行する長編ほど複雑ではないけれど、古美術ミステリとしての骨格がしっかりしていて、満足度が高い。前巻の「奇縁円空」といい、この「黒髪のクピド」といい、本格ミステリとしての「冬狐堂」シリーズは、中編の長さがふさわしいことに作者も気づいていたのではないか。

発表順だと「苦い狐」→「瑠璃の契り」→「傀儡心中」→「黒髪のクピド」で、陶子の成長を立体的に描く、という作者の意図がはっきり見て取れよう。男女関係を揃いの品に投影した「瑠璃の契り」と「傀儡心中」、後者を引き継いで人形というモチーフにさらに踏み込んだ「黒髪のクピド」という流れも、テーマの深化を感じさせる。

短編集としての配列の妙にも注目したい。三番目に発表された「傀儡心中」をトップに持ってくることで、陶子の過去と現在のコントラストがより鮮明に浮かび上がる。本書は『緋友禅』以上に、ミステリ連作としての構成に意が注がれているということだ。どちらが好みかは人それぞれだとしても、私は騙し合いと駆け引きに主眼を置いた『緋友禅』の陶子より、弱さを隠さない『瑠璃の契り』の陶子の方が好きである。

もうひとつ、連作としてのポイントは「傀儡心中」の北崎濤声が「人形作家」、「黒髪のクピド」の辻本伊作が「人形師」と書き分けられていることだろう。「苦い狐」の杉本深苗はいかに無名であっても「芸術家」であり、その運命と対比されるように「瑠璃の契り」の佐貫皓一は「職人」の人生を全うした。

陶子の目利きはアーティストとアルチザンの違いを可視化しつつ、両者のあわいのグレーゾーン（泥沼といってもいい）に踏み込んでいく。「当たり前のことだが、旗師は販売業であって制作業ではない」（「黒髪のクピド」）。その当たり前のことを思い知らされたのが「苦い狐」で描かれる陶子の過去であり、そういう意味でもこの短編は「冬狐堂」シリーズのターニング・ポイントに当たる作品だったと思う。

＊

さて、冒頭にも述べたように「旗師・冬狐堂」シリーズは、本書が最終巻である。とはいえ、宇佐見陶子の物語はこれで終わりではない。

よく知られているように、北森ワールドでは複数のシリーズをまたいでキャラクターが交差する。陶子ファンにはまだまだ楽しめる外伝が存在するのだ。本来の意味から外れるが、宇佐見陶子がゲスト出演する作品群を「客師・冬狐堂」シリーズと呼んでみよう。

真っ先に触れなければならないのは、異端の民俗学者・蓮丈那智との共演作だろう。陶子と那智のタッグこそ、北森ワールド最強の二枚看板なのである。とりわけ『狐闇』の解説で千街晶之氏が「北森史観」と命名した「双死神」→『狐闇』→『暁の密使』→『邪馬台』と続く作品系列は、冬狐堂の存在抜きには語れない。

さらに陶子と那智は『写楽・考　蓮丈那智フィールドファイルⅢ』の表題作と、三軒茶屋のビアバー「香菜里屋《かなりや》」シリーズのエピローグ「香菜里屋を知っていますか」でも顔をそろえている（後者には越名集治も登場）。

ここで押さえておきたいのは「写楽・考」だろう。「小説新潮」二〇〇四年十二月号に掲載された中編「黒絵師」を改題した作品で、「黒髪のクピド」の直後に発表された本格民俗学ミステリだ。那智から得体の知れない絡繰箱《からくりばこ》の再現を依頼された陶子は、怪しい画商と古物商のからむ殺人事件の真相解明に力を貸すことになる。

那智の助手を務める内藤三國《ないとうみくに》は、陶子と相対して「以前と較べてずいぶんと雰囲気が変わったな」と思い、かつて「冬狐堂に感じた迸《ほとばし》るような強さは鳴りを潜め、成熟した、けれどしたたかな女性旗師が、ここにいる」と考える。内藤の反応は、『瑠璃の契り』を書き終えた作者が陶子に向けるまなざしと遠くないはずである。繰り返しになるが「奇縁円空」「黒髪のクピド」と同様、本格ミステリとしても充実した作品で、冬狐堂の謎解きと中編の相性のよさがうかがえる。

それでも足りない読者には、佐月恭壱《さつききょういち》シリーズ『深淵のガランス』『虚栄の肖像』

をお勧めしたい。銀座の花師と凄腕の絵画修復師、二つの顔を持つ佐月恭壱が活躍する連作中短編集だが、準レギュラーとして「冬の狐」と呼ばれる旗師が登場するからだ。

　シリーズ第二作「血色夢」には、恭壱のマネージャーと自称する「女狐」について、次のような説明がある。「どうやら美学校に通っていたらしい。だから絵について一家言あっても不思議ではない。なぜ画家にならなかったのかは不明だが、それでもまったく興味を失ったわけではないようだ。自らを仲介人として、佐月に絵画修復仕事を依頼しているのが、なによりの証拠だ」

　佐月恭壱シリーズの冬狐堂は、本家シリーズに比べるとよりダークで、謎めいた印象を強めている。シリーズ第一作「深淵のガランス」（「別冊文藝春秋」二〇〇四年五・七月号）は、「傀儡心中」と「黒髪のクピド」の間に発表された中編で、この年は主演・客演あわせて、冬狐堂は出ずっぱりだったことになる。「苦い狐」で陶子が画家になる夢を断念するエピソードも、この連作への布石になっているようだ。

　トラブルを呼ぶ「冬の狐」は続く「血色夢」（「別冊文藝春秋」二〇〇五年三・五・七・九月号）と「虚栄の肖像」（「別冊文藝春秋」二〇〇七年五・七・九月号）にも登場。特に「血色夢」では、表に出てこないにもかかわらず、往年《おうねん》のダークヒロインぶりを垣間見せてくれるので、陶子ファンは必読だろう。

こうして本書以降の「客師・冬狐堂」の活躍ぶりを見ていくと、作者がさらに成熟し、したたかさを増した老獪《ろうかい》なヒロインを描こうとしていたことが推察できる。あるいは、北森ワールドの新たなハブ的存在になっていたかもしれない。

一九六一年生まれの北森鴻は、早逝していなければ今年還暦を迎えていたはずだ。長生きして円熟の域に達していたら、いずれ「妖狐」と化した宇佐見陶子の新境地を見せてくれたのではないか。あまりにも急な死によってその可能性が失われたことを、一読者として心から惜しむ。

二〇二一年一月

この作品は２００８年１月文春文庫より刊行されました。なお本作品はフィクションであり実在の個人・団体などとは一切関係がありません。

徳間文庫

旗師・冬狐堂㈣

# 瑠璃《るり》の契《ちぎ》り



2021年2月15日 初刷

著者 北《きた》森《もり》鴻《こう》

発行者 小宮英行

発行所 株式会社 徳間書店

東京都品川区上大崎三−一−一 〒141−8202
目黒セントラルスクエア

電話 編集〇三(五四〇三)四三四九
販売〇四九(二九三)五五二一

振替 〇〇一四〇−〇−四四三九二

印刷
製本 大日本印刷株式会社

ISBN978-4-19-894625-8 (乱丁、落丁本はお取りかえいたします)

## 徳間文庫の好評既刊

北森 鴻

# 共犯マジック

人の不幸のみを予言する謎の占い書『フォーチュンブック』。読者の連鎖的な自殺を誘発し、回収騒ぎに発展したこの本を偶然入手した七人の男女は、運命の黒い糸に絡めとられたかのように、それぞれの犯罪に手を染める。そして知らず知らずのうちに昭和という時代の〝共犯者〟の役割を演じることに……。錯綜する物語は、やがて驚愕の最終話へ。昭和史最悪の事件の連鎖。その先にある絶望。